LOBAS DE MAR

Autores Españoles e Iberoamericanos

La Fundación José Manuel Lara y
Editorial Planeta convocan el Premio de Novela
Fernando Lara, fiel al objetivo de Editorial Planeta
de estimular la creación literaria
y contribuir a su difusión

Esta novela obtuvo el VIII Premio de Novela
Fernando Lara, concedido por el siguiente jurado:
Antonio Prieto, Luis María Anson,
Juan Eslava Galán, Carlos Pujol,
Fernando Delgado y Manuel Lombardero

ZOÉ VALDÉS

LOBAS DE MAR

Premio de Novela Fernando Lara
2003

 Planeta

© Zoé Valdés, 2003
© Editorial Planeta, S. A., 2003
Diagonal, 662-664, 08034 Barcelona (España)

Ilustración de la sobrecubierta: «Traje para *Tristán loco*. El barco», 1942-1943,
de Salvador Dalí, The Salvador Dalí Museum, St. Petersburg, Florida, Estados
Unidos (© Salvador Dalí, Fundación Gala-Salvador Dalí / VEGAP, Barcelona, 2003)

Primera edición: junio de 2003

Depósito Legal: M. 24.339-2003

ISBN 84-08-04795-7

Composición: Foto Informàtica, S. L.

Impresión y encuadernación: Mateu Cromo Artes Gráficas, S. A.

Printed in Spain - Impreso en España.

A Yemayá Olokun, mi reina

A Luna, mi mar

A Anne-Marie Vallat, mi norte

Akuón: Olodomidara e.

Coro: Yemayá olodomidara e Yemayá.

Akuón: La más grande de las aguas, están bien tranquilas.

Coro: Yemayá es la más grande de las aguas, tranquila está Yemayá.

Canto a Yemayá

... la piratería pertenece a la historia como un parásito a su rama.

GILLES LAPOUGE

A usted le falta experiencia... Este viaje le hará bien.

(Edward G. Robinson en Wolf Larsen)
JACK LONDON, *The Sea Wolf*

I
—

Pero yo pensaba: «¿Qué hay en el
agua?», y el corazón me dio aquel terrible vuelco... Fue curioso cómo, a partir
de entonces, seguí soñando con el mar.

JEAN RHYS

La chiquilla hundió la cabeza en el barril de cerveza helada. Los rizos castaños navegaron deshechos en la pesa-
dumbre de la espuma, mareada al ser ligada con aceite.
Abrió la boca varias veces y, con intención de divertirse,
tragó buches de la amarga bebida, no era la primera vez
que refrescaba o quemaba su garganta con alcohol; tampoco pudo evitar que el líquido fuera absorbido por la
nariz cuando decidió jugar a morirse. Contuvo la respiración, el sendero entre los incipientes senos se ahuecó
aún más. Abrió los ojos, y allá en lo hondo y oscuro de
la viscosidad amarillenta, refulgió un túnel, cuya boca
fue expandiéndose hacia los laterales en una pantalla
absorbente. La imagen ondulando daba la idea de un
huracán acosando a una ballena, furiosa en medio del
océano. Allí, en el ojo del ciclón, la chica creyó distinguir un barco luchando contra la marejada, rutilante el
nácar fantasmal. Dentro de la embarcación, una madre y
sus dos hijos, de entre ocho y nueve años, corrían de un
lado a otro. Los agitados niños empuñaban cimitarras, la
mujer vociferaba arengando a la tripulación. Los tres, se-

guidos de unos doscientos hombres, saltaron violentos, abordando la cubierta del barco vecino. La dama se batía igual o mejor que un hombre, el chuzo de punta afilada apretado entre los dientes presto a ser lanzado; los chicos cortaban brazos, rebanaban cabezas, como si compartieran cualquier entretenimiento propio de su corta edad. Sobre la madera húmeda e hinchada del suelo cayeron trozos de hígados, se estrellaron corazones aún vibrátiles, se diluyeron vagas miradas de tibios óvulos oculares, y fueron pisoteados y reventados testículos llenos de esperma, luego reducidos a piltrafas... Como cuando un carnicero corta trozos de ternera y bota los pellejos grasientos en el tacho de desperdicios, así aquellos hombres, pero sobre todo la mujer y sus hijos, iban descuartizando a sus contrarios sin ningún tipo de escrúpulos. Al rato, el mar teñido de púrpura calmó su furia, y el espumoso oleaje disolvió lo onírico en el sexto sentido, la percepción irreal. La cerveza coloreada de morado montó en vaivén espeso, velando las pupilas de la suicida con un puñado de sombras fantasmagóricas. El túnel se disipó, apagándose poco a poco. Restos de coágulos gotearon de los tímpanos congelados de Ann, los brazos aflojados, las manos endebles, sin fuerzas.

De un tirón, el desconocido extrajo la cabeza del tonel, justo a tiempo antes de que la adolescente se desvaneciera y su humanidad desplomada en el interior fuese atraída por el vórtice de la paroniria. El rostro azul y desfigurado con los ojos virados en blanco no reflejaba noticias halagüeñas, ¿estaría muerta? El caballero oyó un ronquido proveniente del pecho y sacudió el desmadejado cuerpo deseando reanimarlo; temiendo lo peor, escrutó a ambos lados de la desierta callejuela para cerciorarse de que no le verían, y lo colocó en el pavimento nevado no sin antes cubrirlo con su capa de paño. Tembloroso, pegó la boca a la de ella, sopló repetidamente; calentando las mejillas con su aliento, derritió la sangraza cristalizada en los oídos y en seguida fluyó el sonido. Sin embargo, las aletas de la nariz palpitaron en un movimiento casi imperceptible, los huecos nasales ennegrecidos fueron recobrando muy lentamente los tonos rosáceos. Ann parpadeó, de súbito clavó la mirada turquesa en la cara borrosa de su salvador; entonces el sexto sentido (*à mon seul désir*) traspasó el umbral hacia lo real, ella cerró con rabia las mandíbulas, reunió fuerzas, e irguiendo el pecho, aferró ambas manos a la pechera de seda de la camisa, como si quisiera estrangularle. El hombre la empujó a un lado, recogió su capa, y sin vacilar echó a correr, asustado después de enfrentar los rasgos endemoniados de Ann.

El alba fulminó de rayos anaranjados el contorno de los tejados, sin embargo empezaron a caer finos copos de nieve. La chica se puso en pie, maldijo a su padre, aquel irlandés tozudo, antiguo procurador de Country Cork, que preñó a la criada de la familia y la trajo al mundo convirtiéndola a ella en hija bastarda. En 1698, unos meses después de que el adulterio fue reafirmado con el nacimiento de Ann, y de que ambos acontecimientos se convirtieron en piedra de escándalo, William Cormac quiso recurvar al lecho conyugal y se disculpó inventándole a su esposa que el adulterio no era tal, pues a la criada la conocía desde antes del matrimonio, y que aquello había sido un desliz sin importancia; como toda respuesta, la engañada esposa no sólo reclamó lo que le correspondía en bienes, sino que no reparó en esquilmar hasta el último centavo de su billetera. William Cormac, todavía apuesto a un filo de la madurez, y Mary Brennan, la espléndida pelirroja que era la madre de Ann, huyeron, más que emigrados, fugados de Irlanda escapando así, víctimas de desagradables injurias que algunos consideraron injustas.

Decidieron coger vereda e ir rumbo a Charleston, en Nueva Inglaterra, donde el progenitor de Ann ejerció como abogado, y más tarde consiguieron instalarse en Carolina del Sur. Allí William Cormac adquirió aún mayor prestigio social amasando una fortuna, por lo cual muy pronto solventó asuntos económicos, compró terrenos y triunfó como propietario de plantaciones. Sin embargo, su vida transcurría monótona, viéndose esclavo del negocio, abandonando de este modo y por extensos períodos de tiempo a su mujer y a la hija, a la que en los primeros años pidió que vistieran de niño, para que así no fuese reconocida, temiendo la sed de venganza de su ex esposa, y de los familiares de la misma. El señor Cormac dedicaba entonces la mayor cantidad de horas a construir lo que él denominaba «el imperio en ciernes».

Ambas mujeres, si bien se sentían amadas y mimadas en la distancia por el hombre, a través de románticas cartas y de delicados y oportunos obsequios, se quejaban de la profunda soledad en la que las había sumido el afán de riquezas. Por lo cual, el señor Cormac decidió contratar a una sirvienta que fuera eficaz en todos los aspectos y, sobre todo, en el de la perenne y perfecta compañía y en el cumplimiento de los quehaceres diarios, como el de aya de la adolescente. Lo que para Mary Brennan constituyó un alivio parcial, para Ann, muy pronto declinó en una pesadilla. La chica decidió recobrar su aspecto femenino, y a menudo se deslizaba lejos de la vigilancia materna.

La señorita Beth Welltothrow, joven de trazos anodinos, hipersensible a simple vista, daba la impresión de ser lo más cercano a la perfección, y con sutil maestría no tardó en ir introduciéndose poco a poco en los vericuetos íntimos, especializándose en hurgar en los entresijos del triángulo. Así descubrió y manipuló muy a su placer las debilidades de cada cual; astuta, actuaba con cautela infligiendo dependencia absoluta, valiéndose de pequeños detalles e informaciones cotidianos. Fingía ingenuidad y exquisita devoción en presencia del señor de la casa, envenenaba constantemente a la señora regalando comentarios acerca de la ausencia marital, lo que, en su opinión, traía como consecuencia la funesta educación de Ann, aquel voluntarioso temperamento que hacía de la chica una diablesa indomable. En su opinión, los arranques rebeldes injustificados tenían un origen y una explicación: el desequilibrio sentimental de la coyuntura familiar; en fin, concluía, todo aquel desastre de muchacha no era más que el producto, y por encima de todo, de un lado, de la ausencia de la figura paterna, y de otro, de la desidia materna. Y desde luego —continuaba con candorosa entonación y refinados ademanes—, la señora aún era tan bonita y suave, una auténtica lástima, añadía, que su fresco cuerpo se marchitara hambriento de caricias, ansioso de pasiones. Y en más de una ocasión Beth Welltothrow dejó caer su áspera palma de la mano encima del seno apenas cubierto por el *déshabillé* de tul transparente, o se brindó para dar un consolador masaje a la espalda lisa de Mary Brennan, mientras con risilla cantarina vertía el agua hirviendo de la jarra de metal en la tina del baño.

Desde que la aya Beth Welltothrow colocó su trasero en uno de los butacones tapizados de damasco color coñac en el salón de la residencia, Ann la despreció, sólo por instinto. No le agradó su mirada de ratón, apenas tenía espacio en el huevo blanco de sus ojos; advirtió que sonreía resoplando por lo bajo, se mordía hipócritamente los labios —para colmo, demasiado delgados— y en fin Ann repelió la reseca capa churrosa de su empolvada piel y el moño torcido y cenizo. Pese a la juventud de la aya, Ann siempre atisbó la presencia de la mujer similar a la de una vieja bruja de cuentos terroríficos.

Ann no se equivocó, Beth Welltothrow no iba con buenas intenciones. Era del tipo de gente maquinadora, de muy mala fe, chantajista y aprovechadora; sagaz conocedora de las leyes de una turbulenta sociedad en la cual reinaba el torbellino del entusiasmo novedoso y la ambición de prosperidad protegiendo a malhechores como ella y perjudicando a los que realmente echaban a andar hacia adelante a Nueva Inglaterra... Hasta un día, en que se topara con alguien de su misma especie, mascullaba la chica, tratando de hallar consuelo... Para algunos, la señorita Beth Welltothrow no hacía nada del otro mundo, lo normal en una delincuente como ella; en una palabra: pretendía robar dinero al señor William Cormac, hacerse preñar de él, de paso entretejer intrigas acostándose con Mary Brennan, y mandar bien lejos a la bastarda, como ella llamaba a Ann. Y poner mar de por medio. Pero las personas que conocían los bajos intereses de la criada jamás se acercaron a la familia Cormac para alertarlos del peligro.

Difícil era timar al señor Cormac, imposible engatusarlo, pues casi nunca se hallaba en casa, y cuando regresaba sólo tenía tiempo y ojos para su mujer, ni siquiera para su hija, y a la sirvienta la enviaba, autoritario y sin remilgos, directo a la cocina. De otra parte, Mary Brennan jamás interpretó las caricias furtivas y los actos engañosos de seducción de Beth Welltothrow como tales, no dudó ni un segundo de la ferviente sinceridad, diciéndose que era la típica criada empeñada en demostrar vehemencia a su patrona; así había sido ella misma en el pasado con la antigua familia de su marido. Pero sin el elevado grado de criminalidad concentrado que animaba a la señorita Beth.

Encontraba natural la fingida moralidad y la irreprochable fidelidad, y ni siquiera sospechó de la creciente fijación que cada día convertía la situación en más y más absurda, y por momentos tan tensa, que entre señora y sirvienta tal parecía que una hablaba húngaro y la otra guaraní, usando incluso la misma lengua. Mary Brennan debía suplicar, implorar a Beth Welltothrow, que respetara sus ratos de soledad, pues la presencia de la criada le atormentaba, fisgoneaba e invadía su intimidad sin condescendencia ni pruritos, no sólo aislándola de su hija, sino también de su propio mundo.

La sirvienta vio entorpecido su objetivo. El plan de Beth Welltothrow marchaba mal, o no funcionó como ella había soñado. Mary Brennan y William Cormac no la dejaron penetrar del todo en su vida, apenas se daban por enterados de los detalles abrumadores de los que eran blanco, con el único interés de embobarlos, o simplemente fingían inocencia para no caer en la trampa. La criada se topó con dos poderosos muros: el amor y el deseo entre marido y mujer. Además, la criada percibía que en verdad estaba obsesionándose con su ama, vigilando el contorno de las perfumadas caderas, o espiando el pezón enjabonado, los vellos rojizos y el pubis brilloso emergiendo del agua espumosa. La gravedad del asunto perturbaba la eficacia a la hora de decidir y de tomar resoluciones, y entonces puso de lleno sus malintencionados proyectos en contra de la chica. Aun conociendo a ciencia cierta que Ann la repudiaba en silencio.

Sin pretexto, sin ninguna evidencia de enemistad real, pues nada concreto había sucedido entre ambas, la relación entre Ann y la aya Beth Welltothrow declinó en una guerra sorda cuyas miradas reviradas dieron rienda suelta a frases rencorosas lanzadas como puñales oxidados; la crisis desbocó en llantos de odio y desesperación de parte de la niña, quien ante la imposibilidad de comunicación con sus padres buscó refugio en el vino y en el ron. Beber constituyó la solución a sus males. Entretanto, la repulsión ganaba en tiempo y espacio, y alcanzaba la monstruosa estatura de la vileza, mezclada con la habilidad de la señorita Beth Welltothrow, quien para colmo aumentó los robos de pequeñas cantidades en sumas desproporcionadas de dinero de la caja de ahorros de la futura heredera; rompía intencionadamente sus pertenencias, haciéndole de su vida un tormento, siempre con el pretexto de hacer justo a la inversa, de aliviarle pesares a la chica.

La gota que colmó la copa sobrevino cuando la sirvienta convenció a la madre de Ann de que la chiquilla no sabía restregarse correctamente. La aya Beth Welltothrow entró en la recámara, gesto respingón de resquemor, y en extremo alarmada, quejándose de que aquel cuerpo sucio daba asco, qué pensarían las buenas familias del pueblo, Ann —añadió la perversa mujer— apestaba a rapé, a tabaco y a aguardiente, y en la piel de los brazos y de los muslos lucía lamparones de churre impregnado desde su nacimiento, ¡una barbaridad! Ella misma se ofreció a dar un buen baño a Ann, decidió sin consultar a nadie, y mucho menos a la interesada; no veía quién trataría de impedirlo, y si podía hacerlo con la madre, por qué no con la hija. Y toda convulsionada gritó improperios y lamentaciones para poner al tanto al vecindario.

Fue ésa la razón por la que Ann huyó de la casa aquella misma noche. No lo soportaría, jamás permitiría que esa mujer —ella era quien en verdad apestaba a tabaco, a rapé y a grog— tocara su cuerpo; ni muerta.

Deambuló toda la madrugada, tropezándose con borrachos y mujeres de la vida, hasta que encontró aquel barril en medio de la callejuela, olvidado quizás por un marinero o por un descuidado comerciante. Destapó el recipiente con la intención de introducir el cuerpo y de olvidar que existía, calculando que —con buena suerte— alguien rescataría el tonel con ella en el interior y, sin saberlo, la llevaría bien lejos, y así se volatilizaría en el recuerdo de los otros y cambiaría su nombre, y también sus vestimentas... No se enteró de la disolución de la espuma en el líquido fulgurante, zambulló su cabeza y perdió el conocimiento, tuvo visiones raras, escenas violentas protagonizadas por gente desconocida; al rato volvió en sí, y entonces distinguió la cara borrosa del extraño. ¿Qué habría pensado el muy inútil, que perseguía matarse? No estaba tan segura de ello.

Nada más necesitaba imaginar que la vida sería diferente, en el futuro, que la fuerza la acompañaría y la convertiría en una brava mujer. Ann buscaba refugiar sus aspiraciones en un calidoscopio de posibilidades. Ambicionaba algo tan sencillo como que su padre retornase a casa, que despidiera entonces a la miserable criada, y predominase de nuevo lo más próximo a la idea del paraíso. Nadie más la insultaría, nadie estaría al tanto de que sus padres la habían concebido fuera del matrimonio. ¿De qué modo, y sin ponderación ninguna, la señorita Beth Welltothrow había conocido semejante secreto? Sin duda, la madre, en un momento de debilidad, no supo ocultar su pasado allá en el gris y aburrido Country Cork.

Aunque el sol refulgía, la mañana no podía ser más fría, cesó de nevar, pero los cuajarones de fango cristalizaban los senderos. Ann tenía mucho dolor de cabeza y le zumbaban los oídos. Había salido desabrigada y el vestido de pana no la cubría lo suficiente. Aunque avanzó por el camino más demorado, como sonámbula, sumergida en sus pesadillas, sin darse cuenta se halló frente a su casa. En la puerta aguardaba la señorita Beth Welltothrow, inmóvil y en apariencia serena, la cara rígida en una mueca hostil. De súbito pareció que su cuerpo despertaba de un infinito letargo, volteó sobre los talones y se dirigió al interior de la casa en retozona carrerilla, voceando que la niña Ann por fin reaparecía.

La adolescente atravesó el umbral, chorreando agua, los pies chapoteando en mazacotes de lodo, las lágrimas empañaban sus pupilas. Mary Brennan se abalanzó —como si levitara— sobre la hija, seguida por la aya, quien conservó la suficiente distancia entre su persona y el abrazo materno, asunto de dar la impresión de que colocaba la discreción por encima de cualquier conmovedor y ajeno sentimiento. Fue Mary Brennan quien, ingenua, propició el pie forzado para que el regocijo del reencuentro mutara en tragedia, exclamando alarmada que Ann se helaría, que debía frotar sus carnes con un paño caliente, que los huesos de la chica ya crujían gélidos, que un buen baño hirviendo le vendría bien, perfumado y aceitado a la mirra. La señorita Beth Welltothrow avanzó, empujando suavemente a la madre, ocupando su puesto. Acaparó a Ann por los hombros y la condujo al cuarto de aseo; aledaño a la cocina. Ann, los labios petrificados de frío y de pavor, no se atrevió a proferir palabra, ni protestó con gesto alguno.

Frente al espejo de gastado azogue enmarcado en oro viejo, la aya desnudó el cuerpo de la muchacha. Sagaz, los ojos de un amarillento hepático recorrieron palmo a palmo, vejando el pudor. Murmuró que lo que hacía falta entre ellas dos era un secreto, un inmenso secreto, una alianza única hasta la muerte cuya confesión Ann sólo compartiría con ella.

Dijo, mira, Ann, la luna ahí delante de ti, las dos mitades de la mujer, la parte femenina, y la parte masculina, la parte masculina de la hembra. Rodeó con sus garras el cuello fino, apretó fuerte hasta que los ojos de la niña enrojecieron desorbitados. Ann, mira, y acarició la pelvis con la punta ensalivada del dedo del medio, meteré en la cárcel a tu padre y a tu madre, toda tu fortuna será mía, porque después de eso te mataré. Ann emitió un aullido escalofriante y, arrebatada, corrió a la cocina. Extrajo el cuchillo de pelar viandas de la funda de cuero, giró poseída en búsqueda de la señorita Beth Welltothrow, pero ya la tenía delante, retadora, voceaba:

—¡Señora, venga a mí, ayúdeme, mírelo usted misma, es el diablo, su hija es el diablo! ¡Auxilio, Ann es el diablo, fíjese, hasta se masturbaba cuando entré aquí; sí, así, espernancada! ¡Auxilio, me mata, el monstruo! —chillaba la criada mintiendo, mientras Ann la acuchillaba en el cuello, en los senos, en las entrañas.

Un corte le cruzó los labios, la nariz y los ojos; el tajazo de vuelta le rajó el chaleco a la altura del pecho, la mujer reculó, lo que aprovechó la chica para encajarle la punta en un pezón y luego otro golpe en el otro seno. La aya se tambaleó, pero continuó musitando obscenidades, Ann le acalló asestándole un nuevo cuchillazo en el útero. Beth Welltothrow se protegió con las manos, todavía en pie, trastabillando, pero doblada sobre el vientre. Ann clavó la hoja cuatro veces seguidas en la espalda, pulmones, riñones, nalgas. La criada cayó de bruces, Ann terminó el trabajo desbaratando el cráneo, las piernas, incluso los tobillos. Trece puñaladas a los trece años. Ann contaba trece años entonces, cuando asesinó a la sirvienta, la señorita Beth Welltothrow, la sabandija.

Mary Brennan caviló que, si hubiese intervenido como quiso hacer, tampoco ella habría contado lo acontecido, pues sospechaba que su hija la habría destripado a ella también; al final contempló en silencio, más que cómplice aturdida, vuelta loca. Ann, tinta en sangre, le devolvió la mirada, sofocada, resoplando como un toro que ha desnucado al torero. La señora Brennan fue alejándose aterrorizada, y logró alcanzar la puerta de su habitación, y allí se encerró, desconsolada, no cesaba de llorar, de mesarse los cabellos y palmearse los muslos. Al cabo de dos días sin probar bocado, los párpados hinchados, los labios cuarteados de tanto mordisqueárselos, decidió aceptar la ración de pan con huevos revueltos, un vaso de leche y fruta fresca, que su hija insistió que comiera, pues debía alimentarse, no era el momento de tumbarse y enfermar, había dicho. Mary Brennan agarraba la bandeja sin abrir demasiado, y en seguida cerraba la puerta tras de sí.

Ann vivió lo más normal posible, comía con apetito desmedido, bebía cerveza, ron y licores, salía a callejear y regresaba a observar el cadáver pudrirse tirado en el enlosado de ladrillos rojos. Cuando Beth Welltothrow empezó a apestar más de la cuenta, Ann buscó aserrín en el aserradero, y espolvoreó los restos con excesiva meticulosidad, como si dibujara un mandala. El cadáver estuvo tirado en el mismo sitio hasta que el padre llegó siete días más tarde. Bastó una semana para que Ann se transformara en una jovencita de cabellera salvaje, ojos desafiantes, daba la impresión de que su talla había aumentado, las manos fornidas y ásperas, las caderas anchas, el torso musculoso, los senos erectos y puntiagudos. El señor Cormac tembló ante aquella visión metamorfoseada, y por nada se desmaya, vomitando, descompuesto con el espectáculo de la criada supurando flujos y gusanos; entonces estrujó sus sienes con ambas manos y reclamó a gritos a su mujer. Mary Brennan tartamudeaba, era un manojo de nervios, hasta que él acudió en su auxilio, y ella cayó desmadejada en sus brazos, no pudiendo explicar lo ocurrido, balbuceó que se trataba de un accidente. Ann interrumpió:

—No, ningún accidente, yo la maté. Nos robaba, tenía la intención de asesinarnos. La hice mierda como a una rata que amenaza de hundir el barco.

Dicho esto, introdujo una daga de puño de oro en el cuerpo tumefacto, y desapareció por la puerta en dirección del barrio malo. William Cormac quiso seguirla, pero su mujer le disuadió reteniéndole del brazo. El hombre enloquecido parloteaba irrefrenable, que si la brujería de su antigua mujer, que si el castigo de la santa providencia, que si ellos no merecían tal berenjenal en el que estaban metidos. Mientras tanto desencajó la pala del jardín y, se dispuso a enterrar los despojos de la víctima, envolviéndolos en viejos periódicos y en cortinas raídas en desuso, pero después de excavar cambió de parecer y fue repartiendo fragmentos del cadáver en diversos basureros del pueblo, el bulto al hombro arrastraba la pala, que no utilizó en ningún momento. Regresó al alba, sumido siempre en un soliloquio ininteligible. Sorprendió a su mujer también monologando, mientras bordaba un chal daba puntadas a diestra y siniestra, agujereando más bien el tejido, sin sentido.

—No ha llegado todavía. Mira la hora que es, y anda mataperreando por ahí, de marimacha.

—No es culpa nuestra —bufó el hombre, encogido, arrugado.

—Sí, somos culpables. Deberíamos haber hecho algo más que amarrarla y encerrarla en el ático cuando hirió a la maestra con el punzón. Deberíamos habernos acercado, hablar con ella... Tú te largaste, y ella se fue endureciendo, su carácter cambió por completo... Le hiciste mucha falta...

—No veo en qué no jugamos claro, mujer... Ella, esa chica, es así, un terremoto; Ann lleva el demonio en el alma, hace rato que nos engaña... Es su destino, que es más fuerte que cualquier educación, por muy refinada que sea... Hará una hora tropecé con un viejo amigo, marinero... Pues bien, ¿sabes qué me ha soltado? Que ha visto a Ann con ellos, restregándose con los marineros... Y con las mujeres parias... Con lo peor de lo peor de los bajos fondos... Ann lleva el diablo dentro... Y añadió que hasta bebe como una cosaca carretonera, ¡para colmo, bebe!

—Eso dijo Beth Welltothrow, lo del diablo.

—Buena pájara. Una aura tiñosa, vaya que ésa también... Se lo buscó, encontró la horma de su zapato... —Secó el rostro colmado de cardenales repujados con un pañuelo bordado con sus iniciales—. Mañana mismo cambio el testamento. Desheredo a Ann.

—¡No, por favor, será una calamidad! ¡La alejarás para siempre, y es... sólo es una chiquilla!

La mujer, retorcida, se revolcó por el suelo, abracada a las piernas del marido, elevando los brazos al techo, prediciendo escenas al estilo de las novelas del siglo diecinueve.

—No quiero verla jamás, nunca más, ¿lo oyes? Como si no hubiese tenido en la vida a esa hija.

Mary Brennan hundió el mentón en el pecho, avergonzada, pero al mismo tiempo conteniendo la ira. Su marido la apartó, sin un beso, sin una caricia, sin mirarle a los ojos, sin palabras consoladoras. Avanzó arrastrando los pies hacia el despacho, entró y no echó el llavín como acostumbraba a hacerlo; extrajo de la gaveta secreta del escritorio varios pliegos doblados. Trabajó en ellos durante horas. Después de modificar su legado, anunció que saldría de nuevo. Ella no dijo nada, sólo suspiró y cambió de aguja, por una más gruesa y larga. En la calle William Cormac hizo todo lo posible para que la noticia rodara y Ann se enterara de que no la quería de vuelta a casa y, por supuesto, que había decidido dejarla sin un penique.

Más pronto que de costumbre, los negociantes del pueblo pusieron a la joven al corriente de los comentarios relacionados con la decisión de su padre, y sin pensarlo dos veces Ann reunió una módica cantidad de dinero realizando trabajos sucios, o sea, robando, golpeando e hiriendo a traición a enemigos de ciertos amigos, haciendo trampa en las garitas; y en cuanto pudo se largó disfrazada de grumete en un barco de comercio en dirección a la isla de La Nouvelle Providence. Allí suponía que encontraría nuevas amistades, aquellas con quienes con alevosía y desenfado aprendería a sobrevivir echando mano de la maldad.

Matura la italiana, que no era italiana sino portuguesa pero ella insistía en que lo era para despistar a un peligroso amante que amenazaba con desollarla viva, la meretriz más solicitada en el puerto de La Nouvelle Providence, matrona de Las Amazonas, fue quien dio la bienvenida a la rebelde hija del señor Cormac, avisada con un mes de anticipación por un marino. Matura estampó dos besos repintados de rojo fuego en cada mejilla de la muchacha, y luego de preguntar cómo había hecho el viaje, avanzó remeneando en un vaivén decaído sus desparramadas caderas, y sin devaneos entró de plano en el asunto, confirmando que el señor William Cormac acababa de nombrar sucesoras de sus bienes a su esposa y a su ex esposa, quien aún continuaba sin marido. Ann ya no era más la hija de su padre, éste la había desheredado, pretendiendo dejarla como gallo desplumado, de ese modo la devolvía al mundo, como mismo vino a este cochino mundo, encuera a la pelota, sola, en la calle y sin llavín. La chica escuchaba en silencio, estudiando el paisaje, a los isleños que paseaban jocosos junto a ellas, las presurosas lavanderas cargando bultos a la cabeza, vendedores de frutas, de carne, de pescado y verduras, todo muy fresco, empujaban desconchinflados carretones. Un alborotado grupo de niños jugaba a la una mi mula, y las sirvientas se arremolinaban comprando víveres y bebidas para sus patrones, alcanzando apuradísimas a los pregonadores de golosinas, pirulíes, melcochas, natillas, flanes; entretanto, Ann pensaba en lo certero y rápido que se repandían las noticias cuando el protagonista principal era el dinero, y lo más tremendo e inusitado del acontecimiento era que incluso el chisme corriera de isla en isla.

Acostada sobre el vientre en los mullidos cojines del lupanar, entregaba su espalda arañada y sangrante producto de una trifulca contra unos vulgares ladronzuelos a Carioca la brasileña, quien sí era brasileña, y que con gran esmero limpiaba y curaba los rasguños con un trapo húmedo y agua salada. Ann llevaba dos meses en la isla. Matura se les acercó, y con tono meloso volvió a la carga sobre el tema de su padre, se decía que había muerto de tristeza —lo cual no era verdad—, y Ann se encogió de hombros, dio un brinco y se le escapó un berrido de dolor cuando la trigueña buena moza desencajó con la uña más larga una esquirla de cristal del costado, justo debajo del pulmón izquierdo.

Ante la aparente indiferencia de Ann, la italiana desistió de echar más leña al fuego, y fue a buscar aguardiente o grog, ron con agua. Las demás mujerangas paseaban de un lado a otro del salón, aderezados los cabellos con vistosas cintas y engalanadas con trajes intencionadamente elegantes aunque de colores chillones, demasiado desgolletados, ceñidos a las cinturas, que les moldeaban el trasero y los muslos; empezaban a impacientarse y algunas de ellas hasta rezaron para que Dios hiciera lo suyo y los consumidores invadieran el recinto y ocuparan sus puestos, o sea, los cuartos con sus respectivas camas. Suspiraron aliviadas ante la presencia de algunas sombras chinescas, avizoradas a través de los vitrales emplomados de las ventanas, y que anunciaban la avalancha de clientes.

Ann recuperó sus ropas y se dispuso a vestirse reviviendo los exquisitos modales de chica de buena familia. Estiró la piel borrando los rasgos trasnochados y soltó dos mechones de los cabellos velando las impasibles huellas temerarias de su puro rostro, después partió las muñecas en mohín seductor más que elegante, enderezó los hombros e irguió el trasero curvando las caderas hacia un lado. El primero de los visitantes tenía toda la pinta del marino orgulloso, apuesto, de mentón partido, y pómulos prominentes, boca jugosa, sonrisa cínica, los ojos pardos, musculatura resbaladiza untada en brea. La llameante mirada expresó ganas y ardores, y señaló hacia ella con un gesto parejero de la quijada.

—Ésa, no —Matura se interpuso, de parabán, con sendas botellas en las manos en jarras.

Ann terminó de abrochar su blusa, ajustó la falda tachonada, y terciando la capa de terciopelo esmeralda encima de un hombro, avanzó dos pasos amplios y se interpuso entre Matura la italiana y el mozo. Con un guiño pícaro apartó a la matrona.

—Déjanos —liquidando el brete.

—Allá tú con tu condena —Matura alertó a la chica secreteándole en el oído, al instante los abandonó, y desde detrás del bar, mientras colocaba las copas encima del mostrador, espiaba de cuando en cuando a los tórtolos.

Él confirmó a la joven que era marino, luego vaciló y cambió para cazador, después, que ambas cosas. Se llamaba James Bonny, y finalmente era de todo: marino, cazador, pirata y contrabandista; buscaba lo que cualquier hombre, acostarse con una mujer, o sea, con una de éstas... Echó una ojeada en derredor y selló el recorrido visual en ella.

—Tú no eres como ésas. Tienes algo superior.

—En efecto, no soy lo que se dice vulgarmente una putilla de a tres por céntimo, pero ya soy mujer. No serás el primero ni el último, y como podrás averiguar por ti mismo, preguntándole a ésas —subrayó—, no cobro. Además, creo que contigo lo haré, más que por puro placer, por cariño. Has ganado, porque esta noche ansío ternura. Para una mujer como yo, resulta esencial cada cierto tiempo que me den amor.

—¿Una mujer? No, mi cielo, todavía no te han hecho sentir como mujer. Te prometo que de eso me encargaré yo... Dentro de nada, ya verás... Debo ducharme, pues tuve un altercado antes de venir, y el otro no quedó muy bien parado, y ya me ves, hecho un Cristo. Dime, ¿no temes hacer el amor con alguien que acaba de pasar a cuchillo a un intruso?

—¡A mí, qué! En intrusos yo soy experta. —Ann olió desconfiada el trago que el hombre le tendió, probó un sorbo y sin apartar la mirada bebió de un golpe el resto de la copa.

Hizo una seña a Carioca la brasileña, y al punto la chica le tiró un objeto. Ann atrapó la llave en el aire.

—Es el cuarto número tres... —y pidió que él la precediera.

Que cogiera el trillo de los lavabos y empezara por asearse a fondo, pues apestaba a rayo encendido; dentro de unos segundos se reuniría con él. Cuando ella se presentó, era como si la hubiesen reemplazado por otra. En su lugar habían puesto a una señorita de ringorrango. Un velo de gasa cubría su cabellera peinada en un moño alto, perfumada a la colonia de rosas, adoptó entonces un semblante de serenidad plena, sus facciones se distinguían aún más embrujadoras, y al mismo tiempo con el toque de timidez, más bien de hipocresía, con que las chicas ricas maquillan el descaro morboso de la juventud.

Él acarició la mano, la desnudó del guante de seda y besó la piel alabastrina. Juntaron sus cuerpos y fueron desvistiéndose lentos, gozando de cada sensación de reconocimiento mutuo. Templaron la noche entera, dulces pero también feroces. La maltrecha espalda de la muchacha ardía debajo del abrasador pecho del joven que tostado por el sol, despedía los vapores del salitre y el alquitrán. Bebieron sin descanso, el exceso de ron y el vapor de la madera carbonizada crepitando en la chimenea resecaban las gargantas.

Al día siguiente despertaron todavía ebrios, alguien golpeaba a la puerta. Carioca la brasileña los convidaba a prorrogar la fiesta en el salón principal, pues cumplía veintidós años y las chicas y varios amigos le habían montado una sorpresa. Él descendió con ella en brazos. Abajo, en un rapto calculadamente pasional, James Bonny extrajo del bolsillo del pantalón un anillo de oro coronado de diamantes y esmeraldas; Ann se lo arrebató y al punto lo deslizó en su dedo anular.

—¿Para mí?

Él aprobó.

—¡Oh, es mío, es mío! ¡Miren lo que por fin he ganado! —Ann saltaba eufórica, olvidando sus elevados orígenes paternos, y haciendo gala de los burdos maternos, revolcándose en ellos.

Las demás bailotearon a su alrededor, celebrando el acontecimiento, ¡un anillo, un anillo, habrá boda! Al rato ella cedió la plaza en el medio de la rueda al marinero, quien parecía embobado con Ann, pero que de idiota no tenía ni un pelo, y más bien ya se había informado sobre el pasado de la chica, estaba al tanto de la riqueza del padre, y amasaba la esperanza de que William Cormac, arrepentido, rehiciera su testamento premiando a la hija con una suculenta dote. Para ese entonces, ya estarían casados, por lo cual debía actuar lo más rápido posible, en los próximos minutos; de borrar sospechas y de asuntos secundarios él se encargaría.

Los casó un asiduo cliente del burdel, párroco o abogado, daba igual; a fin de cuentas, una boda casi siempre es motivo de alegría y allí todos desbordaban felicidad, enmascarados en sudor y chapoteando otros efluvios más pecaminosos, ardorosos de falsa maravilla, generada por tantas horas de incansable libertinaje. El sol reinaba, pero las mañanas continuaban siendo gélidas, y un arco iris surcaba el índigo limpio de nubes. Todos estaban borrachos, y nadie se opuso. El casamiento se llevó a cabo por embullo infantil de parte de ella, y sólo para ganar una apuesta del lado de James Bonny. A partir de ese día su esposa honraría o desprestigiaría con creces —depende del cristal con que se mire— aquel apellido. Ann Bonny torcía el destino a la irlandesita, hija del abogado de Cork. James Bonny no había previsto lo evidente, que un marino egoísta jamás ganará ante una burguesa impía.

James Bonny anunció a su esposa que se disponía a largar amarras en dirección del océano, y que ella debería guardar la forma en casa, esperarle paciente durante meses, pues habían regentado la taberna Glory que ella debería atender, y aunque él tardaría en regresar, siempre regresaría, suplicándole que le fuese fiel, e incitándole a que pidiera perdón a su padre —ahora que su madre había fallecido, esto sí era cierto— por haberse fugado de la casa y por lo otro, todavía más grave... James Bonny conocía la historia del crimen; el pueblo se había atragantado el cuento de que la chica había apuñalado a la sirvienta en defensa propia porque la segunda quería abusar de ella robándole además un camafeo de diamantes, pero a él Ann le había confesado la verdad... La había hecho pulpa para que la dejara en paz. Mientras el esposo ultimaba los preparativos, conversando de esto y de lo otro, convencido de que Ann escuchaba mientras leía en la habitación contigua, tal y como la había dejado hacía unos instantes, en realidad la joven urdía un plan muy distinto.

James Bonny percibió una sombra escurridiza merodeando la casa. Bajo el dintel de la puerta, a contraluz, un chico levantó la mano en gesto afable. Seguro el capitán le enviaba un mensajero para que él cumpliera con algún mandado antes de embarcar, concluyó, y fue hacia el marino, cegado por el resplandor rojizo del atardecer.

El muchacho llevaba una larga y gruesa chaqueta azul Prusia, un bonete con pompón rojo, pantalones bombachos ceñidos a media pierna, el sable colgando del grueso cinturón a un lado, y el arcabucillo de rueda prendido al otro, botines cortos de piel de cordero, una daga sobresalía por la caña de uno de ellos; el pelo espeso le daba por la cintura, recogido con una redecilla en espesa trenza, las patillas encrespadas nacían encima de las orejas, no delante, los lóbulos de las orejas iban adornados con varias argollas; y el rostro lampiño se le hizo familiar.

—¿A quién busca?

—A usted, señor Bonny.

El marido, sin embargo, reconoció la voz abaritonada con falsos tonos fragmentados por nerviosas tosecillas, cargó al chico en peso y lo cubrió de besos. Su mujer resultaba mucho más atractiva disfrazada de varón. Y él estuvo de acuerdo con la decisión de Ann, porque ella ya ha había resuelto, sin consultar previamente con él, acompañarle en el viaje. Nadie nunca se enteraría de que era su mujer, o sencillamente de que era una mujer. James Bonny la obligó a jurarlo, ella prometió, las manos juntas sobre el regazo, la mirada baja, fija en el suelo; añadió que dejarían la taberna Glory bajo el cuidado de Carioca la brasileña. El contrabandista lagrimeó emocionado, pues su esposa lucía sincera en su ardua vehemencia, argumentando seriedad con tan teatrales ademanes, pero incluso contuvo el llanto, asunto de imponer respeto. Pues Ann Bonny, con la mano puesta en el lado del corazón, juró obediencia a la palabra de su marido; según él mandaría, así se haría.

II
—

La indiferencia del mundo, que Keats,
Flaubert y otros han encontrado tan
difícil de soportar, en el caso de la mujer no era indiferencia, sino hostilidad.

VIRGINIA WOOLF

Los habitantes del humilde barrio del East End —único sitio que en vez de crecer económicamente igual que el
resto de Londres conservaba intacta su miseria después
del devastador incendio de 1666, y de la declaración de
guerra de Francia a Inglaterra imitada por Holanda—
detestaban a Margaret Jane Carlton. Inescrupulosa, co-
rrupta, una aprovechadora —afirmaban—, adicta a la
vida alegre, una promiscua, una puerca, decían, usando
la palabra a su medida; así los envidiosos cortaban leva de
la mujer más cautivante de todos aquellos alrededores.
Margaret Jane se había convertido en el entretenimiento
malsano del vecindario, la moda era intercambiar pestes
sobre la —según ellos— asquerosa señora Carlton. Razones dizque sobraban.

Casada con John Carlton —mozo vigoroso de pelo
castaño, y ojos pardos, curtida la piel debido a los avatares del salitre, ya que trabajaba y contrabandeaba como
mediocre marino subordinado de la Compañía de las
Indias Orientales; con lo cual no paraba en casa por motivo obvio: echarse a la mar—, y pese a su inigualable be-

lleza, la amargura dominaba en el modo en que la mujer respondía a la gente si es que resolvía contestar; la perenne soledad cavaba hondo en su interior, y aunque arisca, la melancolía no mellaba la apetitosa frescura de su cuerpo. La fierecilla, sin embargo, deslumbraba, y esto, por supuesto, constituía el motivo esencial del ensañamiento. Margaret Jane padecía callada, conocía los orígenes de la rabia que despertaba: su impresionante atractivo y la indiferencia con la que ella proseguía su camino desoyendo los comentarios. Pues la chusma estaba al tanto de pormenores vulgares, como el que para mayor pesar, cuando John Carlton volvía a casa no cumplía a cabalidad con sus obligaciones matrimoniales. Ella dudaba de si lo que los otros ansiaban de ella a su marido le repugnaba, o si simplemente repelía su persona porque había conocido a alguna mujer más joven y atractiva en uno de sus viajes. Dinero aportaba, tampoco para saltar de euforia, lo suficiente, sin excesos, más bien lo justo que le restaba luego de haberse bebido y jugado casi todo el magro botín en las garitas. Es cierto, de regalos ella no carecía, vestidos bonitos aunque pasados de moda, y hasta de uso, diversos bibelots y exóticos comestibles a montones, pulseras y sortijas de fantasía a granel, y alguna que otra prenda en oro, de las del montón, ninguna pieza exclusiva. Por falta de mimos no podía quejarse, su marido —en cuerpo presente— se desmoronaba en ternura, hay que reconocerlo, se mostraba bastante confiado, o sea harto ingenuo, para su condición de marino ausente a veces durante períodos de seis meses y hasta un año. Pero a todo lo anterior habrá que añadir que poseía el más espantoso de los defectos para una mujer fogosa como la suya y en edad de querer perpetuar el goce. John Carlton nació demasiado bien dotado en lo que a sus partes genitales correspondía, pero padecía de impetuosidad precoz; tanto tiempo a régimen estricto sin relaciones como no fuera con las chicas ligeras de los burdeles de puerto, o sujeto a simple ayuno durante la vasta travesía, impedía que, una vez su mujer delante, las relaciones fueran normales o al menos duraran el tiempo que reclamaba el volcán en ebullición de su esposa. O sea, John Carlton escupía su babaza seminal en un pestañear. Introducirse y volcarse en ella devino una misma acción. De un golpe y, ¡paf! Terminado, a roncar. Al principio Margaret Jane soñó con que hallaría una solución a lo que ella calificaba de mínimo percance, o defecto banal, y como no era una mujer de nuestra época no gastó ni la mitad de una neurona en leer ningún tratado antisexista —por demás, no escritos aún— ni tampoco se recomió los sesos dándole vueltas al asunto; llevó a cabo, por instinto más que por pedagogía, todas las artimañas propias de una insatisfecha fémina de su humilde extracción social. Salió a la recién empedrada calle, la más limpia (los demás caminos aún conservaban la suciedad de la tierra, el polvo, y la pajuza que caía de los carretones), regateó con las vendedoras dos corsés palleteados, ropa interior francesa, y al rato retornó ilusionada a bailar delante de su atónito marido una danza oriental. El resultado fue patético, una bofetada, y la cama hecha una pira. Observando los chisporroteos del fuego, la mujer gimoteaba pensando que no había ganado tan siquiera que la tocara por encimita.

Meses más tarde, durante uno de los interminables periplos de su esposo, comprobó que estaba embarazada; al regreso del marino nació un niño enclenque y enfermizo. Se cuenta que John Carlton huyó de nuevo —más que *partió*— del hogar, rumbo al océano, atormentado por causa de la nueva situación familiar, de noche en sus pesadillas aullaba como un lobo acorralado. Los constantes llantenes del recién nacido le sacaban de quicio; su mujer perdió el apetito ante los alimentos más suculentos, y —¡lo inesperado!— mostró absoluta monotonía frente a su monumental miembro de efímero temperamento. El marino deprimió y se marchó, navegó hasta que se cansó por esos mares de dios o del diablo, parándosele por gusto el *mandado*, jugueteando con él debajo de la sábana como si se tratara de una carpa de circo, mientras contemplaba la vastedad azul a través de la escotilla del camarote.

No es por justificar a Margaret Jane Carlton, pero sucedió entonces que en lugar de acudir a una maga con la intención de que le preparara un filtro amoroso, o mejor, una poción mágica para-rabos, se hizo asidua del bosquecillo más cercano a gimotear, no de dolor, sino más bien de placer. Algunos hombres se enteraron de que la hermosa mujer de cabellos y pupilas doradas escapaba con frecuencia a fundirse con la arboleda, levantaba la falda, y a horcajadas restregaba su pubis contra los troncos de los recién talados árboles tumbados por tierra. Así, la vulva de Margaret Jane fue impregnada de deliciosos y extravagantes perfumes, la vainilla, la fresa, la madera herida, olivos, menta... Olía a bosque ahí entre las verijas, toisón florido, las ingles mojadas de fábulas. El primero en confirmarlo y quien lo divulgó fue el propio leñador, pues contó la anécdota a un carbonero, y ambos, ni cortos ni perezosos, se hicieron amantes de

Margaret Jane. Hombres de ningún criterio, medio burros y de baja estofa, no desaprovecharon la borrachera siguiente a sus respectivas citas pasionales con la señora Carlton para alardear con los clientes y el dueño de la taberna Las Bacanales (no menos bambolleros), que tanto ellos como los matorrales se estaban tirando de lo lindo a la gallina del marinero Johnny Carlton. No podían creerle, ¡oh, no! Rieron y se propusieron —¡oh, sí!— que uno detrás de otro asistirían a tal espectáculo, admitiendo la imperiosa necesidad de experimentar en carne propia. Y nueve brutos en total, en su momento oportuno, y por supuesto por separado, fueron bienvenidos sin ningún tipo de melindres por Margaret Jane. De ese modo, transcurrieron dos años de adulterio alevoso, ella en tierra; él en la mar, a cuenta de pajas a pulso. El matrimonio Carlton hizo lo que pudo cada uno por su lado, para no morir de desidia.

Un mediodía radiante del año 1690, Margaret Jane parió un segundo bebé, sonrosado y saludable, inmenso, y de fantástico peso; a las pocas horas se mostró vivaracho, pues no tardó mucho más en sonreír fijando la vista retozona, y al punto, entre puchero y puchero de la emocionada madre, se colgó a mamar del pezón. Margaret Jane la llamó Mary porque así se llamaba su hermana, quien se había ido a París a probar suerte como cantante de vodevil. Aquella misma noche John Carlton amarró la chalupa al muelle. Llegó a casa más demacrado que nunca, harto de recorrer las rutas entre Madrás y Pondichery. Borracho que babeaba el lustroso suelo, y en extremo violento a causa del nefasto estado en que unos asaltantes le habían dejado robándole las ganancias del viaje. La esposa suspiró, y al querer abrazarle, él esquivó la caricia. Al preguntar por su hijo con evidente desgano, digamos que casi desprecio, Margaret Jane le informó de que el chico no salía de una enfermedad para entrar en otra, contagiado en permanencia de cualquier virus imprevisible. En cambio, e izó del camastro a Mary, instándolo a que observara, dijo: éste sí que se nota que es un bebé lozano. John Carlton escrutó de reojo el bulto redondeado, bebió de un tirón el último trago de aguardiente en un vaso que le había servido su mujer, masculló numerosas groserías comunes en su jerga, y se tiró a dormir por tierra, como solía hacer en cubierta tras beber un tonel de cerveza.

Al alba, después del lavado, el hombre se sentó con una jarra de té con coñac delante y quedó abstraído alrededor de una hora mirando las antiguas manchas del enlosado. Al rato, palmeó satisfecho sus muslos, en señal de que había hallado una solución al problema, centro de su obsesión. El semblante resplandeció; vistió cubriendo sus piernas con calzones de lana, luego ajustó un pantalón de terciopelo gastado encima de la ropa interior, calzó botas de piel y, dándole un par de cepillazos, las lustró en las puntas y en los talones. Metió la camisa color marfil por dentro del pantalón, anudó el lazo del cuello, cogió el chaleco en combinación con el pantalón, la casaca luego, y encima la capa de cachemira de negro mate. Para terminar fue hacia un espejo de azogue carcomido, acomodó los cabellos encima de la frente y enfundó hasta las orejas el sombrero picudo hacia los laterales y aplastado en la frente y detrás de la cabeza. Margaret Jane contemplaba el ritual desde la cama del hijo, enfermo de fiebres muy altas. Mary dormía plácidamente en un pesebre confeccionado a la medida, cuyo colchón lo reemplazaba un trozo de piel de oveja.

—¿Adónde irás a estas horas, marido mío? —Margaret Jane se levantó, vestía una bata de dormir color palo rosa, los tonos cálidos resaltaban la piel nacarada de su escote; se acercó desarrugando la falda con sus finos dedos.

El hombre soportó la pregunta, y con el mentón hundido en el pecho murmuró una frase que su mujer no alcanzó a escuchar. Ella insistió, atemorizada:

—¡Y tan elegante! Después de aquella fiesta de hace dos años no te había visto salir tan presumido. Debo confesar que me asustas... ¿qué has dicho?

—Que voy a ver a mi madre —se quitó el sombrero—, necesito que nuestro hijo quede a buen recaudo, por si me acarrea una desgracia.

—¿Qué te va a ocurrir, marido, te has disputado con algunos de los idiotas del bar? No hagas caso de esos mentecatos... Ven, querido, mencionas sólo a un hijo, y tienes dos —la voz trepidó temblorosa.

—Vamos, Margaret Jane, esa niña no es mía, he sacado la cuenta, y no coincide su nacimiento con mis fechas de estancia junto a ustedes. No trates de engañarme, Margaret Jane. Esa criatura es tuya, y con cualquier otro, menos conmigo... Así que, ¿los mentecatos del bar, no? No por gusto advertí que el ambiente allí no era el mismo, se burlaban a mis espaldas, lo más probable de mí. Tú y yo, Margaret Jane, ya no damos más, hasta aquí hemos llegado. Me marcho.

—No te vayas, por favor, no te vayas de nuevo —suplicó, arrodillada.

—De nuevo, y sin retorno —selló.

El hombre se caló el sombrero con esmero tocando la concavidad con el cráneo, tamborileó en la copa, y sin voltearse desapareció por la desvencijada puerta. Margaret Jane sintió el impulso de correr detrás de su marido, quería rogar que le concediera una oportunidad más, al menos debería ser generoso y darle unos minutos. Por su parte, a ella no le quedaba otro remedio que explicarle lo desdichada que se sentía por haberle engañado; pero el niño afiebrado empezó a berrear de retortijones. Tanto jaleo armó la criatura escandalizando con escalofriantes alaridos que la recién nacida, Mary, despertó y trató de erguir el cuerpo, sin conseguirlo, así, otro esfuerzo, así, así... Su hermanito recuperó la salud en aquella ocasión, pero varios meses más tarde de este acontecimiento volvió a sufrir una recaída. Sucesivamente, enfermaba, parecía que sanaba, y vuelta a la tos, a la fiebre, y a los gemidos. Mary gateó, arrastrándose, los ojos saltando de un sitio a otro, dorados, idénticos a los de su madre.

Transcurridos tres años, Mary corría y hablaba, redoblaba en estatura a su hermano, quien la redoblaba a ella en edad. El chico empeoraba, apenas se movía de la cama. Los tres vivían decentemente, gracias a la pensión que la abuela paterna enviaba a su nieto, obedeciendo órdenes de John Carlton, a quien no volvieron a ver, y gracias también a ciertas frecuentaciones de Margaret Jane con el leñador, el carbonero, el carnicero, el patrón de Las Bacanales, el abogado, entre otros oficiosos del pueblo, quienes enganchados al vicio de la fragante pepita —no de oro, sino de olor— de la mujer no tuvieron más remedio que pagar para gozar. Margaret Jane aprovechó y restauró y amplió la residencia, y como le sobraba tiempo escribía a su hermana, e imaginaban juntas el porvenir de las criaturas. Así y todo, y por desdicha, pese a que los mejores cuidados eran prodigados al primogénito, el niño murió de garrotillo. La madre creyó enloquecer de angustia, aunque calculando también que por culpa de su muerte perdería la pensión.

Margaret Jane envolvió el cuerpo esmorecido en la misma piel de cordero que había servido de colchón a Mary, abrió una maleta vieja y guardó al chico en el mohoso forro. Mary observaba la maniobra con ojos desorbitados, aterrada.

—Vamos, mi querida Mary, dame la mano. Enterraremos a Billy en el bosque.

El empedrado brillaba mojado bajo la luz de la luna, Mary jugó a saltar con ambos pies encima de los charcos, su madre la reprendió, por favor, que no hiciese ruido, podrían descubrirlas. Al arribar al final del pueblo, se internaron en la maleza; y en un claro, la niña quedó a un lado de la maleta obedeciendo a su madre, vigilando que nadie se les aproximara, mientras Margaret Jane desyerbaba un rectángulo en la tierra; luego la mujer escarbó con sus propias manos, y no paró hasta fondear una respetable fosa. Sangraba por los brazos hacia los codos, todavía arrodillada, el torso doblado sobre sus muslos, levantó la cabeza e hizo señas a la pequeña de que acudiera a ella. Mary avanzó unos pasos, gimoteando, temiendo que también ella fuese a parar al hueco.

—Empuja hacia acá la maleta, Mary, empújala.

Mary accedió, pero pesaba demasiado y la maleta no se movió del sitio. Entonces la niña se acostó sobre su vientre, y dio vueltas, haciendo de su cuerpo un rodillo, fue arrastrando la valija hacia la tumba. La madre cayó desmayada y pilló con la frente una puntiaguda piedra. Mary lloriqueó discreta, luego se durmió. Fue Margaret Jane quien la despertó haciendo ruidos cada vez que vertía puñados de tierra, jeremiqueos, y lágrimas al hoyo.

Regresaron en silencio a casa; a Mary le dolían terriblemente las piernas y el lodo seco pesaba un quintal adherido a sus ropas, apenas podía avanzar, pero no emitió queja alguna. Dándose cuenta, y asombrada ante el esfuerzo de la niña, su madre decidió cargarla en brazos, y Mary percibió el tejido vivo desprendiéndose a pedazos, los pellejos guindando se pegaron a sus muslos; la sangre de la mujer goteaba tibia.

La sayuela sin estrenar, que uno de sus amantes le había regalado, despedía un fuerte olor a alquitrán; después de lavarse y cambiarse, Margaret Jane pidió a Mary que ella también aseara su cuerpecito. Margaret Jane movió los labios en una frase imperceptible, pensativa, clavada la vista en la niña, parecía una estatua de alabastro; de repente una idea iluminó su semblante y sonrió a plenitud. Buscó en el escaparate las vestimentas del hijo muerto. Y una vez que Mary emergió de la tina, secó con esmero la piel suave, pronunciando frases dulces, mientras enfilaba la indumentaria masculina a la niña.

—Mary, ya no te llamas más Mary. Desde hoy eres Billy, ¿entiendes? Tú eres tu hermano, no más tú, no más tú. Responderás al nombre de Billy, porque eres Billy, nunca más Mary. Y si se te olvida esto que te digo, iremos ambas a la prisión, ¿oyes bien? Y en prisión moriremos como ratas.

La madre sacudió los hombros de la pequeña para cerciorarse de que la escuchaba. Mary clavó las pupilas doradas en el agua jabonosa. La niña no entendió demasiado de aquella barahúnda, pero bastaban ciertas palabras para que el miedo oprimiera su pecho y estragara sus tripas: prisión, muerte, y ratas... Malo, malo, aquello podía ser muy malo. Y ya no quedaban hombres en casa para defenderlas, ni para aportar dinero, repetía sin cesar Margaret Jane. Malo, malo, no debía olvidar esas palabras. No había más hombres en casa. Cárcel, muerte, ratas...

A la semana siguiente las visitó el giboso abogado Flint, extrañado de que la mujer no se presentara en su gabinete para hacer lo que ambos sabían que necesitaban hacer. Margaret Jane cubrió los cachetes con sus manos, y fingiendo desolación, lloró inconsolable; de vez en cuando echaba una ojeada a través de los dedos entreabiertos para cerciorarse de que inspiraba piedad en el abogado. Sí, lo inesperado, su hija Mary había muerto de repente; un suceso imprevisible, pues sin duda alguna era Billy quien con mayores probabilidades estaba expuesto a perecer, comentó sorprendido el abogado, el chico sí que tenía noventa y nueve papeletas para un viaje irreversible. Margaret Jane se recompuso, no podía negarlo, resultaba increíble, y muy angustioso, el hecho de que Mary hubiese fallecido; un milagro, en cambio, Billy se recuperaba cada vez con mejores energías. Hubo de llamar tres veces a Billy, entonces apareció Mary, vestida de varón, hurgándose en la nariz, sacó el dedo y mostró un moco baboso que chupó, los pies descalzos. Margaret Jane y el abogado Flint entrecruzaron pérfidas miradas. El hombre extrajo papel y pluma de su portafolio de cuero negro y garabateó la certificación de la muerte de Mary Carlton; después se apoderó de una manita con mango largo de madera y la introdujo entre su

43

camisa y la espalda y dio rienda suelta a uno de sus mayores placeres, rascarse los abombados omóplatos durante largo rato mientras emitía quejidos de ay, qué rico es esto, mi muy señora mía.

Ese mismo día, y en el preciso instante en que el abogado Flint se aprestaba a abandonar la estancia, dio la casualidad de que Margaret Jane recibió una carta de su suegra, la señora Carlton, quien expresaba súbitos deseos de conocer a Billy, tal vez sería la primera y la última vez, pues se sentía muy débil y, por demás, segura de que poco tiempo le quedaba para disfrutar de su heredero. Margaret Jane maldijo con los dientes rechinantes, el abogado la calmó: la certificación que recién acababa de extenderle le sería de una extrema utilidad. Sobre todo para engañar a la abuela, y continuar recibiendo la pensión, pues Billy —o sea, Mary— recibiría una espléndida parte del dinero de la anciana hasta el día del último de sus suspiros, cifra que constituía una suculenta fortuna (si la vieja duraba) y daría para vivir con amplitud: una corona semanal.

El encuentro sucedió a la semana siguiente, y la anciana dio muestras de estar encantada con los buenos modales del nieto, extrañada ante su cuerpo fuerte y rebosante de salud, pues por el contrario, su hijo le había comentado que el niño era más bien un dechado de defectos y enfermedades. Mary apenas pronunció palabra, más bien balbuceó frases que su madre le había obligado a ensayar a diario, algo parecido a «su té es el mejor té que he bebido en la vida», «sus galletitas son un primor», «luce usted como una rosa fresca, entrañable, miss Carlton»... Y mientras Mary iba prodigando excesivas muestras de buena educación, en su mente sólo repercutían tres palabras en odiosa letanía: prisión, muerte, ratas.

—Es un chico muy fino, quizás demasiado, querida Margaret Jane. Temo que viviendo en solitario con usted esos detalles hagan de él un maldito afeminado.

—Es muy pequeño aún —dijo Margaret Jane, retraída de la verdadera edad de Billy.

—No tanto, querida, casi seis años. En fin, no es tan grave. No haga caso de esta vieja rezongona. Pero quizás deba consentir que juegue más tiempo con los chicos del barrio. Siempre di a mi hijo mucha libertad...

Sí, tanta le propició que mire dónde está, en ninguna parte; nadie sabe adónde fue a parar, pensó, y filtró el pensamiento su nuera. Al final, la abuela accedió convencida ante el fascinante Billy, quien más bien era la fabulosa Mary, dejar la pensión a ambas personas, madre e hijo, o sea, hija; la única familia con la que podía contar por el momento, ya que su hijo jamás iba a visitarla. Partieron de allí eufóricas, sobre todo porque la vieja les regaló una bolsita con dinero contante y sonante, y en el trayecto pudieron comprar golosinas, y hasta un traje nuevo para Mary, pues el de Billy le atrincaba el pecho, también una boina y medias gruesas para afrontar el prolongado invierno. Margaret Jane se compró una capa, un sombrero con una rosa roja, y felicitó a la niña por su excelente actuación, susurrándole al oído:

—Prefiero mil veces que seas hombre a que muramos de hambre. Mil veces, Mary, escúchalo bien, prefiero que seas hombre. No como yo. Nunca como yo.

El joven Billy Em (así decidieron llamarle los amigos por el enorme parecido con su hermana, o sea, su increíble resemblanza con quien realmente él —ella— era), aprendió todos los oficios de cada uno de los amantes de su madre, menos la profesión de abogado, porque no tenía aún edad para iniciar tales estudios y se mostraba perezoso a la hora de leer. Cortaba leña con una destreza y voluntad descomunal, aprendió a matar vacas, a descuerarlas, y a despedazarlas justo por donde más tierna la carne aún hervía de vida, y bebía cucharones de sangre caliente de buey para no helarse en las frías madrugadas cuando hacía el camino apestoso a estiércol hacia las ciénagas; a la vuelta, cuando caía el atardecer, con la cara aún tiznada de hollín, se dejaba caer por la taberna Las Bacanales y ayudaba al patrón a servir tragos a los sedientos marineros. A fin de cuentas, cualquiera de aquellos hombres podía muy bien ser su padre.

> *The pirate queens before the judge*
> *Each pleade for her life.*
> *'I am about to have a child*
> *I am a pirate's wife'.*

Los marinos cantaban en son de burla aquellos versos que tanto agradaban a Mary, y ella travestida, o sea, ella disfrazada de chico, les servía grog y participaba de la algazara, como si fuera uno del gremio dispuesto a echarse a la mar. En diversas ocasiones compartió mesa con aquellos hombres curtidos por la aventura, y hasta ganaba echando un pulso con alguno de los más fornidos. Porque llegó el momento en que, al cabo de tanto aparentar ser Billy, sin vacilaciones su mentalidad reaccionaba como la de un varón, y sus gestos adquirieron movimientos rudos, e inclusive cuando entre sus muslos encontró las sábanas tenuemente manchadas de sangre tampoco se inmutó demasiado.

—Madre, estoy sangrando por el hueco —se limitó a informar.

Margaret Jane temió alarmar a su hija, y le enseñó el modo de corregir este defecto. Mensualmente tendría que ponerse unos trapos atravesados desde el ombligo a las nalgas, absorbiendo la sangre sólo por varios días. Había dicho «mensualmente».

—¿Por cuánto tiempo? —inquirió Mary.

—Toda la vida. Bueno, se te cortará unos años antes de que mueras. Ya lo ves, éste es otro de los castigos incomprensibles que nos tocó. Y contigo es menos grave, porque aunque debas padecer ese bochorno, como cualquier mujer, al menos nadie lo sabrá; anótate ese punto a tu favor.

A Mary no le pareció tan duro como aquel otro de enrollar y ajustar una banda de lona alrededor de los senos para ocultar la marca redonda por encima de las camisolas heredadas del abogado Flint. Junto a la chimenea, su madre le tomó las manos y la obligó a sentarse frente a ella en un taburete bajo tapizado en cuero de chivo.

—No pienso que debas continuar haciendo esa bárbara cantidad de trabajos tan rudos, tan distintos, te esfuerzas por nada. Madame Finefleurdupain necesita un recadero. No paga mal, ya sabes, lo correcto, pero el trabajo es tranquilo, y estarás menos expuesta a la crueldad de los hombres. Empieza la época para ti en que deberás cuidarte de ellos.

—No es coherente, si para todo el mundo soy un hombre, ¿para qué entonces huir de su presencia?

—No hablé de *huir*, se trata de que no se huelan demasiado quién eres. Se trata de que no perciban tu olor. ¡Ya hueles tanto a mujer!

De nuevo la chica aprobó los consejos de su madre, y entró a trabajar bajo las órdenes de madame Finefleurdupain. Pero la francesa resultó insoportable; ruin, egoísta, déspota. Comía tapiada en el sótano, así evitaba compartir con Billy un mendrugo de pan, un trozo de queso rancio, y un sorbo de vino tinto. Del perenne malhumor no cesaba de mordisquearse las uñas, y rezongaba atrocidades contra el marido fallecido en la guerra. Como única diversión insultaba y calumniaba a cuantos la rodeaban, o inventaba fechorías, y portaba la acusación sobre Billy Em; además, a menudo olvidaba, o fingía olvidar, entregarle la paga, abusando de la generosidad del mensajero, quien se vio abrumado con la cantidad de encargos que debía repartir, pues las deudas de madame Finefleurdupain eran fabulosas, y ella suponía que escribiendo cartas a diestra y siniestra ganaba tiempo, y entretanto, patinando hacia la explanada de Proserpina, la muerte, llena, eso sí, de remordimientos, terminaría por no devolver ni las gracias a sus prestamistas.

—No puedo aguantarla, madre. No iré nunca más a casa de la francesa. No en balde sufre, no dudo de que la mezquindad de sus sentimientos sea el origen de la parálisis de esa mujer.

—No hables así de ella, ve tú a saber por lo que ha tenido que pasar, la pobre. Yo también fui una amargada, hasta que los tuve a ustedes, a tu hermano, luego a ti... ¿Entonces qué piensas hacer si te vas de allí?

—No es una pobre mujer, es una arpía. ¿Que qué pienso hacer? Hay un buque de guerra en el puerto, y reclaman a los chicos...

—Nunca serás un chico... —los labios murmuraron temblorosos.

—Sí que lo soy. Quiero serlo. Tú lo has dicho —pateó caprichosa en el piso.

Desde el buque anclado, los resplandores de la tierra dominaban cual pinceladas quiméricas, la gente empequeñecida en la distancia daba la sensación de que andaba menos apesadumbrada, y hasta las peleas mañaneras se apreciaban simpáticas; el día levantaba más hermoso que de costumbre, eso le pareció a Mary. Del otro lado rutilaba el océano, y aunque reinaba la serenidad en el vaivén acompasado del oleaje, su bramido hipnotizaba, y el intenso azul hechizaba. De un inesperado manotazo en la espalda, el comandante Roc Morris despertó del ensueño al cadete Billy Carlton. Anunció que le tocaba fregar y lustrar el suelo de cubierta, descender luego a dar mantenimiento al armamento, engrasar arcabuces y cañones. El entrenamiento cotidiano con los sables y puñales se realizaría al término de las anteriores actividades. El soldado Billy Em consintió, en sus pupilas doradas se empantanaron los rayos solares como lagunas de légamo, el pelo lacio y trigueño caía copioso encima de sus hombros, y con su robustez convivía una inquietante fragilidad seductora. El comandante Roc Morris retiró al punto esos turbulentos pensamientos de su mente y avanzó a zancadas, impartiendo órdenes a los demás miembros de la tripulación; contaba alrededor de unos treinta y cinco años, rubio, de ojos azules, la fortaleza de un torreón.

Billy Em Carlton demoraba más que los otros en ponerse el uniforme, debía esconderse en lo más penumbroso del camarote para entisar su torso, y cuando todos los meses le visitaban las reglas era aún peor, pues debía botar bien envueltos y cosidos los paños manchados, cosa de que si, por casualidad, algún colega registraba en la basura no hallara la prueba del delito. La vida de soldado de buque de guerra devenía peligrosa a causa de la constante promiscuidad, pero por el resto era más bien aburrida, lo de cumplir órdenes se lo esperaba, pero no del tipo de sacudir el polvo, cargar o vaciar mosquetes, revisar los nudos: el simple, el de capuchino, el de bosque, el de paquetes, el de Carrick, el de pescador, el de caza, el de puño, el plano, el de doble bosque, el de ocho en caracol; además debía rellenar o vaciar de balas los cañones, e inclusive dar hisopo en las tupidas cañerías, colocar trampas con el fin de exterminar las ratas y desplazar la pólvora en pesados barriles para que no se humedeciera, entre múltiples verraquerías más, cuya apacibilidad desnaturalizaba la idea romántica que de la guerra Mary tejía en su mente. Entonces, para matar el tiempo, ya que no podía matar otra cosa, se entrenaba en amedrentar con falsas estocadas a sus compañeros, y muy pronto le consideraron el mejor espadachín del regimiento, aunque también era el soldado que con mayor frecuencia llegaba impuntual a los llamados y pases de lista. Asimismo se lo informó el comandante Roc Morris en estricta parada militar, frente a frente, ambos nariz con nariz. Billy Em sostuvo la mirada del hombre. Lo bueno de ser hombre, barruntó Mary, es que puedes hacer las cosas que quieras sin tanta hipocresía, como sentarte groseramente, las piernas esparrancadas, puedes fajarte con quien te venga en ganas, mientras más broncas te apuntes a tu haber, más monta tu reputación, puedes manejar cuanta arma exista, conversar con quien quieras hasta la madrugada, emborracharte y vociferar a las estrellas, y esto de, de... mirar clavado a un tipo, cara a cara, sin bajar los párpados, sin gastar vergüenzas en comedias absurdas, o energías hipócritas en risitas moderadas. Sólo debes apretar las mandíbulas y los puños con tanta fuerza que parecerá que irás a reventártelos, retador, así: de igual a igual.

Roc Morris no pudo sostener la fijeza de la mirada, parpadeó al tiempo que carraspeaba y cambiaba de sitio, dando un paso lateral y colocándose delante del soldado siguiente. Desde que había conocido al soldado Billy Em Carlton se había sentido incómodo, sobre todo consigo mismo; por primera vez puso en duda su virilidad, pues tuvo que admitir en silencio que se sentía más que atraído, enamorado de este joven imberbe.

—Comandante Morris. —La sombra de Billy Em recortada por la luz se interpuso en picada entre el cielo y la escalera del camarote.

—Entre, adelante, soldado —y frente al chico turbado, los cachetes del hombre se cubrieron de gotas gruesas y de pintas como ampollas, atusó su bigote—. Le esperaba, fíjese que estaba preparándome para verle. ¿Por qué ha pedido la cita con tanta urgencia?

—Necesito consejo, comandante. Aunque...

—Aunque casi lo tiene decidido. Es usted un cadete muy disciplinado, impecable, le sobra dedicación en la mayoría de las tareas, pero así las haya cumplido con inigualable eficiencia falta, falta, falta un no sé qué... Debe de ser cuestión de sustituir la pasión y la inteligencia por la frialdad y la obediencia.

—Es que... es que, me aburro... ¿Cómo puede calificarme de buen cadete? Aún no he podido demostrar mi valentía... Y no me divierto, le juro que no.

El comandante no supo responder de otro modo

que estallar en una carcajada. Pero al punto se repuso y recobró la postura del militar solemne.

—Así es, no es nada divertida la vida de soldado, muchacho... Yo sé que usted es valiente, llevo mucho tiempo en este oficio. Sin embargo, es cierto que parece perezoso porque sueña usted a menudo, hay que corregir ese y otros defectos, como el de tanto marrulleo en los pasos que debe dar... Esta carrera no es nada divertida, muchacho, ni lo sueñe.

—No, perdone usted, no me refería a las vulgares diversiones. Hablo de acción, yo esperaba, en fin... A mí, ¿sabe?, me tienta más la acción; puesto que ingresé en un buque de guerra, yo esperaba...

—Usted esperaba guerra, es decir, combate, cuerpo a cuerpo... Ardor, en una palabra.

Billy Em afirmó.

—Eso no depende de mí, ni de ninguno de nosotros. Mire usted, qué curioso, yo más bien deseo todo lo contrario, tranquilidad, calma, paz, en una palabra. Y no me acongoja el deber de ser paciente, aprendí a disfrutar la obediencia ciega, seguro que sí, cómo que no.

—Yo, quería pedirle...

—Usted quiere irse de aquí, puedo entenderle. ¿Pero adónde?

—A Flandes.

—¿A Flandes? —El hombre percibió un escalofrío recorrerle los tendones y sus piernas flaquearon, enfrentó de nuevo los ojos de Billy Em, unos segundos; al instante bajó los suyos—. Creo que firmaré ese traslado, mas no por usted... Por mí. Para mi serenidad, es mejor que esté lejos, bien lejos; sí, ya lo creo, será lo más sano. No deseo hacer de usted un desertor, tiene mucho futuro. Y ya supondrá, una guerra es una guerra. Duele enviarle a semejante carnicería, me apesadumbra, sin embargo, no veo otra salida.

Si Billy Em hubiera sido sólo un simple soldado, no habría entendido aquella última frase. Pero se trataba de Mary, y en lo más profundo de sus sentimientos, había advertido la inmensa atracción que ella ejercía en su superior. Y entonces se propuso impedir que el íntimo misterio mutara en secreto compartido. Desapareció del camarote del comandante Roc Morris portando un pergamino enlazado con un retazo de seda y el pecho henchido latiéndole bajo el comprimido corsé de lona.

Acababa de enterarse del fallecimiento de su abuela. Su madre lloraba hundida en el canapé, más gorda, los rollizos brazos y enrollados muslos desbordaban el mueble calamitosamente, se había ajado tanto; de un golpe la vejez empezaba a trazar visibles senderos en su húmedo rostro. La duda invadió a Mary: ¿su madre lamentaba la pérdida de la herencia, o sufría ante la noticia de su partida? Una frase aclaró todo.

—Adiós, pensión —sollozó Margaret Jane—. De todos modos, hija, gracias por lo que has hecho. Ya podrás volver a ser tú. Cuando llegues a donde quieras llegar, allá lejos, recuperarás tu identidad. Volverás a ser lo que eres: Mary. Te prefiero bordando cofias, a imaginarte tirando escopetazos en medio de la insensatez general.

Mary meneó la cabeza de un lado a otro en gesto incrédulo. La madre se llevó los dedos a las sienes y los mofletes vibraron.

—¡Qué idea la de enrolarse! ¿Qué puedo agregar a semejante locura? No te has ido y ya añoro volver a verte. Que no te maten, por favor, que no te maten. Piensa en el honor de una señorita. ¡Defiende ese honor! ¡Oh, perdóname, mi querida Mary!

Presentía que ése era el último abrazo que daba a su madre, advirtió la mullida suavidad de la mejilla materna, y temió querer quedarse pegada a ella, rozando su piel con la suya en una caricia que perdurara la eternidad. Se echó hacia atrás. Separándose de ella de manera definitiva se liberaba no sólo del recuerdo perpetuo de haber sido hombre y del deber de serlo aún, sino de la futura obligación de convertirse en lo que era, en una mujer. Y ella sería lo que deseaba ser, y por el momento su deseo no era otro que seguir siendo Billy Em Carlton, cadete. Estampándole dos besos a la madre y otros dos al giboso abogado Flint, Mary se despidió con los ojos aguados, y sin mirar atrás huyó del berrinche —como en el pasado huyó John Carlton— rumbo al puerto. No volvió a ver jamás a Margaret Jane Carlton, como tampoco nunca más tuvo noticias de su padre. Surcando el océano en un buque de la armada inglesa rumbo a regiones desconocidas, y en donde se defendían otros honores, Mary fue consciente de que se encontraba muy sola en el mundo, y para ella esto constituía por encima de todo el lado más excitante de la aventura.

III
—

En el mar, la vida es más sabrosa,
en el mar, te quiero mucho más...

OSVALDO FARRÉS

Cuarenta y cinco... Ochenta y cinco... Tres pilas de ochenta y cinco monedas de oro destellaban amontonadas encima de la mesa. Seguro habría más, por supuesto, muchísimo más. El pirata, con maña ceremoniosa, empezó a desenvolver cortes de sedas, bandas de muaré, tejidos transparentes y cristalinos resbalaban entre sus dedos como riachuelos, velos de gasa que al querer retenerlos se deslizaban acariciadores de las manos; extrajo de una caja redonda carretes de hilos de oro y plata, descerrajó un cofre y brillaron pulseras también de oro, con incrustaciones de lapislázuli, rubíes, perlas, diamantes, esmeraldas, amatistas... El hombre tendría alrededor de unos cincuenta y pico de años, encorvado, y bizqueaba ligeramente; destapó elegantes frascos de diversos colores, y en la recámara se expandieron emanaciones orientales; encendió el narguile, el opio destiló humaredas narcóticas e invadió el artesonado de nubes anaranjadas... De una entreabierta valija de cuero se derramaron puñados de monedas de oro, el hombre sumó diez pilas de ochenta y cinco... Los ojos desorbitados de la joven de dieciocho años no cesaban de ir de una mesa a la otra, de un baúl a otro, atesorando el botín con avariciosa mirada. El pirata reunió diez piezas en una bolsita de terciopelo negro forrada en seda fucsia, la lanzó y ésta dibujó un arco en el espacio, perseguido por las pupilas endemoniadas de la atractiva y ambiciosa dama.

—Éste es mi regalo, ¿no es hoy tu cumpleaños?

—Me gusta ese collar —ella asintió, señalando uno de perlas y brillantes.

—Será tuyo si me cuentas el motivo por el que nos traicionó tu marido.

Ella no titubeó ni un instante. No veía a James Bonny desde uno de los últimos periplos marítimos que ambos hicieron, juntos habían escapado en un barco perteneciente a Woodes Rogers, gobernador de Las Bahamas. El malvado de James Bonny había consentido que los piratas la secuestraran falsamente, y abusaran de ella, aunque esta vez de verdad. La chica posó la mirada en una diadema de rubíes; también podía ponerle al tanto de la venta de información a los españoles, y sobre los planes del gobernador en cuanto a la persecución y eliminación del tráfico filibustero. James Bonny comerciaba con todo, no sólo a cambio de salvar su pellejo; ella frotó los dedos, ganaba más de la cuenta.

El desgarbado traficante levantó la mano en gesto autoritario, podía ahorrarse los pormenores. Debía abreviar; los piratas sospechaban que su marido era uno de los principales espías a sueldo de la Corona, y preparaban la venganza. Rodaba la comidilla por todo el archipiélago que por esa razón decidió desaparecer sin dejar rastro. Podía ser, era cierto que le había visto enfermar de miedo, en fin, prefería eliminar el tema, quería olvidar al cobarde, además, recordó que con el mosquete apuntaba de modo vulgar, y con el sable no existía peor calamidad que la suya, destacó ella.

En el desagradable episodio del falso secuestro, el ardid consistía en hacer creer al gobernador que los piratas habían descubierto la identidad traidora de la mujer de James Bonny, y que en represalias contra él, la abandonaban en una isla desierta. Pero su marido nunca la alertó de aquellos malévolos planes. Abofeteada y humillada en su presencia, James Bonny no movió ni el meñique para intentar salvarla del odioso percance, ella no intuía, ni siquiera podría haber imaginado el pacto, a fin de cuentas, se trataba de su esposo. Es cierto que antes de ser capturada, cimitarra en mano, Anne Bonny se echó al pico a unas cuantas decenas de piratas, y también había atacado a su esposo debajo de la tetilla izquierda cuando éste fingió que sólo se enteraba, en el instante de ser apresada, de quién era ella, aclarando a los piratas que probablemente fuese una espía. Ann, confundida, tardó en darse cuenta de que James Bonny era un soplón de ambos bandos, un doble agente, y para colmo un mercachifle de poca monta cuyo único objetivo al casarse con ella era forrarse de dinero. Herido de gravedad, su marido desapareció hacia uno de los camarotes del barco para ser asistido por el médico de los piratas, en realidad, un cirujano de renombre que viajaba de rehén. Pese a que Ann reclamó a gritos su auxilio, que la sacara de semejante enredo, James Bonny prefirió cumplir con su misión antes que arriesgarse por ella, y lograr su objetivo, ir hasta las últimas consecuencias. James Bonny le había traicionado, podía terminar su maldita vida en el infierno. Nunca fue feliz con él, sollozó; a decir verdad, sólo al inicio de su boda se mostró tierno con ella. Desde el primer viaje, el amor desapareció, ya no reía ni la hacía reír, le trataba como a una bestia, el sexo, sin preámbulos, duraba lo que un merengue en la puerta de un colegio.

Ningún detalle banal interesaba a este señor que ahorraba gesticulaciones y exigía ir al grano, escuchando indiferente su desgraciada historia matrimonial; más bien esperaba datos más exactos, comprometedores, ¿recordaba la conversación original, en la que ella obtuvo las pruebas de la doble acción de James Bonny? La joven suspiró envolviendo su cuerpo en una seda color turquesa, a juego con sus ojos... Antes de casarse, él había sido pirata, ella lo ignoraba, mintió. Hasta una tarde, mientras Ann, vestida de marino, servía una copa a su marido en el saloncillo de la casa; tocaron a la puerta. James Bonny le pidió que se escondiera en la cocina, pues no estaba bien que la descubrieran en semejante facha. El gobernador en persona ganó el centro de la alfombra persa.

—Hizo un buen trabajo, señor Bonny, le aseguro que no me lo esperaba. Su fidelidad ha asombrado a muchos, actúa usted como nunca nadie lo había hecho antes. Y es por ello por lo que la Corona le ofrece el perdón. Olvidemos su turbulento pasado. Es usted muy astuto, he ahí su mérito mayor. Su Muy Graciosa Majestad necesita de personas con su extraordinario carácter, magistrales en urdir ardides, capaces de tender trampas inéditas. Escúcheme, no sólo borraremos su pasado, además, siendo usted originario de Nueva Inglaterra, le conviene mi propuesta, le devolveremos la honestidad ciudadana, como un «buen hombre inglés», en secreto, claro está. Deberá ser en silencio, pues tendrá que retomar su pasado, en fin, en esta ocasión, gozará de la autorización real. Recibirá un sueldo, y será recompensado, siempre que nos mantenga al tanto de la ruta de ciertos piratas, de sus intenciones. No vengo a darle lecciones, ya sabe, usted mejor que nadie podría dármelas... Intérnese en ese mundo de nuevo, desde allí nos será muy útil.

Ann aguzó el oído. El gobernador echó el discurso precipitadamente, sin sospechar que el señor Bonny y él no se encontraban en solitario.

—No deberá pensarlo demasiado —insistió.

—Acepto. —James Bonny extendió una copa de coñac y brindaron por la Corona, la Armada Real, y los héroes, aquellos bellacos calvinistas, y chocaron copas venecianas riendo a carcajadas.

Conversaron durante un corto rato, ambos se despidieron cortésmente, y Woodes Rogers partió satisfecho de haber cumplido con su deber.

—¿Cómo pudiste aceptar tan vulgar chantaje? —Ann, sentada frente a su marido con las rodillas separadas y los codos apoyados en ellas, indagó en su rostro.

—Déjalo, no es cosa tuya, no te entrometas en mis asuntos; no olvides que eres una mujer. —James Bonny bebió de un trago y se limpió con el antebrazo el grasiento mentón.

—Soy tu esposa, debo estar al corriente de lo que haremos. Y tú, tampoco olvides, no eres más que un hombre. Por favor, ¿qué significa ser «un buen hombre inglés», luego de encomendarte cambiar la dignidad por el desprestigio de un traidor? —subrayó, irónica.

De un trompón la tiró al suelo, desde el piso ella estiró la pierna y le zumbó una patada en la boca, con el filo del tacón del botín logró partirle un diente. Un espasmo de ira ensanchó el cuello celta del hombre.

—¡Estoy harto, harto de esperar tu maldita herencia!

—¡Herencia ni herencia! ¿De qué tonterías hablas? —Ahí se desayunó con el engaño.

—¡Estúpida! ¡Eres una salvaje, imbécil!

Lucharon de igual a igual, como dos hombres, golpeándose hasta caer ensangrentados. Al cabo de dos días sin dirigirse la palabra, pactaron reconciliarse mesurando la importancia de las frases interrumpidas, o respondiéndose sencillamente con sonidos onomatopéyicos. A la séptima noche, en un arranque de mutuo deseo carnal, hicieron el amor. Con aquel acto, quizás James Bonny creyó que su mujer restaba importancia al desagradable suceso, y que le perdonaba. Por consiguiente, intuyó que ella se situaba de su lado, en el impuesto rumbo que retorcía su destino. Nunca, se dijo ella. Ann prefirió callar, observar, resistir, en una palabra, pero sólo por un breve tiempo, el que ella necesitaría para vengarse. Ann jamás borró de su recuerdo aquella mutua paliza, ni las que vinieron después.

Cuando hubo de separarse de su marido, ya se había habituado a batirse a diario con enemigos de ambos, debido a múltiples tareas que precedieron al secuestro, y que no pudieron compartir para no ser descubiertos. Los piratas la rescataron al cabo de una semana en aquella monstruosa isla desierta, le devolvieron un trato honroso, y ella regresó a La Nouvelle Providence. Se sentía muy cansada, como exprimida, agria, y acabó por las calles, codeándose con bandoleros, bebiendo y robando a otros piratas; ninguno sospechaba que se trataba de una mujer, y mucho menos de la desposada por el fanfarrón de James Bonny; Ann, masculinizada, actuaba como uno más, vengativo y borracho. El asunto se complicó cuando, sintiéndose atraída por algunos buenos mozos, se arriesgó a amarlos con cinismo. Entonces cayó en manos de un viejo traficante de esclavos; de sus garras también decidió fugarse. Vivió una doble vida, en lugar de la de doble agente como la de su marido, tenía más que ver con su apetito de hembra, estrenada y entrenada en la perfidia, asistida por la libertad que sólo un hombre podía probar. Y se libró al libertinaje, traviesa, de noche negociaba su cuerpo con los piratas, le excitaba suponer que su marido, desde algún escondrijo, los denunciaría a la justicia. De día se emborrachaba en compañía de aquellos amantes, travestida y homologada en coraje; ellos escuchaban sus anécdotas, admirados ante el supuesto colega de travesía y aventuras.

De este modo se hallaba ahora frente a Charles Vane, aunque le había conocido en hábitos de señorita y él se había enamorado perdidamente de ella; finalmente, hacía muy poco que los unía una cómplice amistad, y ella no podía negar que se refugiaba en el estrábico y giboso cincuentón añorando la rudeza de la figura paterna. Él selló los pulposos labios con un beso con amargo sabor a opio de burdel, había sido tan fácil para la chica desatar su lengua sobre el traidor de su marido que a Charles Vane le recorrió un estremecimiento dudoso. De todos modos, deslizó el collar de perlas y diamantes, rodeando el fino cuello con manos toscas, pero acostumbradas a abrochar joyas de semejante calibre en delicadas nucas.

—Debo irme temprano. Tengo cita antes del aclarar, al borde de la playa, por donde el último ciclón arrasó con las chozas de los negros. Veré al capitán Jack Rackham.

—Ah, ése —murmuró ella, permitiéndose una debilidad.

—¿Conoces a Calico Jack?

—Le vi un par de veces.

—¿Sólo le has visto, o hubo algo más entre ustedes?

—Vamos, dulzura. No hay que apurarse. Nos batimos, yo como marino. Es guapo, bravo, pero su estocada es imprecisa, como torcida, jorobada, en una palabra. Debe mejorar ese defecto.

—¿Imprecisa, jorobada la estocada de Calico Jack? No sabes lo que dices. Es de los ilustrísimos. Navegó bastantes años bajo mis órdenes, fue mi contramaestre en el golfo de la Florida, en aguas de Puerto Rico y Cuba; ha sido mi mejor discípulo y, por cierto, salió aventajado. Consiguió capturar uno de los mejores navíos, uno de los más ricos, el *Kingston,* entonces éramos asociados, me amenazó con hacer un colador de mi cerebro. Tuve que dejarle el galeón. No me puedo quejar, aprendió conmigo, incluso ha conseguido superarme. En estos momentos este hombre sorprende a todo el mundo, se ha convertido en el terror del Caribe, ¡ni se sabe a cuántos capitanes y sus fragatas ha defenestrado ya! En La Habana, las solteras, casadas, viudas, y prostitutas se derriten ante su presencia, su celebridad se ha extendido hasta Cienfuegos, y a otras provincias y a otras islas: Las Bahamas, isla de los Vientos, isla de Pinos, La Tortuga, Santo Domingo, La Española.

—¿Cuánto tiempo quedará en tierra?

—Ann, si te lo digo, si te lo digo te perderé, y no deseo fastidiar las cosas contigo. Calico Jack es un mujeriego empedernido, un saltaperico, no te recomiendo su amistad. Adiós, mi muchacha. Nos veremos pasado mañana, hacia el anochecer.

—¿Olvidas algo? —abrió su escote.

Charles Vane tintineó un par de pendientes en combinación con el collar que acababa de obsequiarle. Ella levantó sus cabellos en un moño, desnudando las axilas blancas cubiertas con un vello rubio y oloroso a yerbas, y pasando las mechas del pelo por detrás de las orejas hizo un mohín gracioso para que el hombre introdujera el gancho del cierre en los hoyos de los lóbulos. Estudiándose en el reluciente azogue, dio varias vueltas acentuando el coqueteo de su figura, recorrió el recinto saltando con ligeros pasos de baile, satisfecha con su aspecto lujoso. De un giro se plantó delante de él, y posó un ligero beso en el bigote amarillento de tabaco. Ann cruzó el umbral de la puerta hacia la oscuridad del jardín, Charles Vane se llevó las yemas de los dedos a la boca, como deseando conservar eternamente la huella voluptuosa del beso. Los cascos de los caballos repiquetearon en el empedrado; el coche se perdió galopando en el laberinto empinado de casitas de madera.

Al llegar al hogar, donde había convivido como esposa de James Bonny y que conservaba gracias a los robos que cometía y a las ganancias de la taberna regentada de la que aún se ocupaba Carioca la brasileña, revisó exhaustivamente las habitaciones, detrás de los cortinajes, los armarios, los baúles... Temiendo que, el día menos pensado, el contrabandista reapareciera, había adquirido la costumbre de cerciorarse de que no había nadie más que ella en casa. En la cama, desnuda, acarició el collar, palpó los pendientes, únicas prendas con las que durmió, y antes de hacerlo acercó la bolsita de terciopelo con las monedas de oro a su nariz, le fascinaba el olor metálico del dinero. Diluida en el embeleco, estuvo soñando con varios imposibles, hasta que su respiración se volvió más acompasada; había quedado rendida. Sufrió pesadillas, con la endiablada mujer que no cesaba de entrometerse en sus sueños, y los desatinados niños empuñando hachas de abordaje, protegiéndose con escudos de roletas. El más pequeño cercenó el dedo de un marino, el mayor se colgó el hacha al cinto, echó mano de la ballesta y dejó tuerto a un contrincante de un certero flechazo. La mujer vociferaba empuñando un mosquete, la melena grasienta revuelta, la camisa desabotonada, los pechos al aire, las piernas sangraban arañadas por las astillas de madera sobresalientes de los maderos cortados de un tajo. Despertó de madrugada, empapada en sudor, tomó un baño de agua helada, y estrenó un vestido de verano de amplia falda color beige y ribeteado en encajes de guipur. Recordó también el cadáver podrido de la aya Beth Welltothrow, una masa gelatinosa desparramada en el suelo, apretó los párpados, soltó un gruñido.

Acudió al sitio donde le había dicho Charles Vane que iría a negociar con Calico Jack. Oculta detrás de espesos arbustos, Ann pudo escuchar la conversación entre ambos piratas; comentaban el número de barcos españoles que atravesarían el Caribe en las semanas siguientes. Los tiempos no eran excesivamente fenomenales, se quejó el más joven, el comercio mermaba, el concepto de riqueza no seguía siendo el mismo. Parecía que la firma del Segundo Tratado de Madrid entre ingleses y españoles anunciaba el inicio del fin.

—Y ves, ¿quién lo supondría? España dándosela de regalona —suspiró Charles Vane—, los últimos sucesos indican que ante tanta presión, llamémosle insistencia, nos dará La Jamaica, aunque no habrá que fiarse, tiempo al tiempo.

Calico Jack levantó un brazo señalando el cielo, hizo como si tomara un poco de brisa en el hueco de la mano y la paseó por debajo de sus fosas nasales, sonrió socarrón y, zorreando de súbito, silbó una melodiosa contraseña en dirección al mar.

A lo lejos, Ann distinguió una piragua de unos noventa pies de eslora abarrotada de sombras miedosas. Charles Vane entregó uno de los baúles, Calico Jack ojeó en el interior, hundió sus manazas y amasó el tesoro. Al rato, un subordinado del capitán Rackham, proveniente de la orilla, abandonó la piragua encallada a ras de arena, discreta y rápida embarcación construida en caoba de Honduras, de unos cuarenta y pico de remos, propulsión de palos bastones; ciento veintisiete negros en fila y amarrados entre sí por los tobillos izquierdos obedecían el menor movimiento de Hyacinthe, malgache de rasgados ojos color miel, barba rizada y en punta, coronado de una tiara de gruesas perlas.

Charles Vane no tenía prisa, y estudió meticulosamente la complexión física de cada negro, con la punta de su bastón de cedro les hurgó entre los dedos de los pies, luego introdujo la empuñadura de oro entre los labios, sometiéndolos a que mostraran sus dentaduras, las encías, la lengua, debajo de los sobacos, las manos, las uñas, por último los penes, los testículos, y luego les ordenó a que se voltearan y con mayor precisión perforó, con la punta enfangada del bastón, las nalgas de uno por uno para verificar que no padecían almorranas. También quiso escuchar los timbres de sus voces, e hizo pruebas de audición. Después de corroborar que ninguna avería abarataba su adquisición, así se expresó, concluyó complacido que aquello sí podía merecer el distintivo de mercancía de excelentísima calidad. No como la anterior, una calamidad, la mayoría de los negros morían ahogados en sus propios vómitos, la piel se les decoloraba en vetas cenicientas, apestaban a muerto antes del último estertor. Obligó a los aterrorizados esclavos a introducirse debajo de amplios trozos de lona, montados arriba de un carretón, y dijo adiós a Calico Jack, deseándole buena suerte en su próxima aventura.

—Los más enclenques servirán de criados —murmuró a horcajadas en su caballo.

El capitán Rackham confió a su subalterno el cuidado del cofre, dedicó unos minutos a husmear la atmósfera, y echó a andar, directo hacia la maleza que protegía a Ann Bonny. Ella intuyó que no debía dar un paso, no se atrevió ni a pestañear, apenas a respirar. Agachada, lentamente hundió una mano en la tierra y cerró el puño de la derecha alrededor del mango del arma, los ojos bien atentos, fijos en las musculosas piernas del pirata que ya se detenía a escasos centímetros de ella, aquellas célebres piernas ceñidas en un calicó, pantalón de algodón de rayas que invariablemente vestía, los *calicot*, de ahí su sobrenombre de Calico Jack. Inmóvil, sólo faltaba estirar el brazo para rozar los cabellos encaracolados recogidos con una peineta de carey en un presumido moño.

—¡Hyacinthe, eh, Hyacinthe! —voceó, divertido.

—¡Aquí estoy, mi capitán, donde mismo me dejó!

—el hombre de rasgos indios achinados respondió mientras rodeaba el tesoro con cortos paseos.

—¡¿Qué te haría falta ahora mismo para ser muy feliz?!

—¡¿Yo?! ¡¿Que qué me haría falta, a mí?! ¡Un tonel de brandy, eso sí me vendría de perilla! ¡Me lo bebería de un sorbo, sí, señor!

—¡No seas tonto, algo más, pide por esa boca, hombre, con ganas!

—¡A mí, bueno, me gustaría una chica, ja, ja, ja...! ¡Una chica bien dotada de carne, con aquellas tetas que usted podrá imaginar; maciza como una lechona, o masúa, como dicen los isleños cienfuegueros...!

Sumergió el potente brazo entre los arbustos y agarró a Ann por el moño como si atrapara un conejo por las orejas. Aunque ella se debatió, no sirvió de nada, él la arrastró hacia el descampado. Perdió el objeto afilado, buscó desesperada, en un descuido del pirata ella recuperó el arma, con la punta de la daga hincó el gaznate de su adversario. Tan cerca se hallaban que Hyacinthe no se atrevió a disparar contra la extraña que, aunque no podía distinguir con claridad, sabía causaba serios problemas a su capitán.

—¡Vaya, Hyacinthe, ¿qué es lo que veo?! ¡Aquí siembran flores de carne y hueso! ¡Acabo de arrancar una de la tierra! ¡Fresca, suave, sana, la boca húmeda cual una rosa!

Ni él soltaba sus cabellos, ni ella bajaba la daga. Hyacinthe sabía que no podía desatender el cofre del tesoro para acudir en su auxilio, primero el botín, luego la vida. Ann intentó levantar la rodilla y patear al pirata, pero éste reaccionó antes, y de un pisotón inmovilizó la pierna de la muchacha, atrapándole el pie debajo del suyo, y aprovechó que la desestabilizaba para desarmarla. Ann ya conocía su destreza, vestida de varón había sostenido con él un duelo a sablazos, pero en el pasado hubo de batirse contra varios, y no le había dado tiempo de admirar al hombre. Los dientes blanquísimos y ligeramente separados destacaban con mayor esplendor en su boca bronceada, ahora que soltaba la exuberante carcajada, haciendo alarde de su fortaleza. Tenían razón, se dijo, los que afirmaban que no era nada vulgar, sobre todo elegante, un auténtico dios bravío, lunar muy femenino en la mejilla, ojos grises y fascinante porte en la traviesa mirada, el pelo lacio y negro azabache dividido en tres abundantes mechas, dos caían sobre sus pectorales y la tercera cubría su espalda, en la frente recta lucía ancha banda de seda dorada.

De un tirón la empujó a un claro del bosquecillo, siempre aferrado al mechón que sobresalía del centro de su cráneo. De repente, Ann dio un jalón con fuerza imprevisible, y el hombre exclamó de desconcierto al advertir que de su puño pendía solamente el rabo castaño. La chica huía hacia la orilla, donde las olas aplanaban la arena, y allí quizás correría con menor dificultad. El capitán, queriendo parecer menos implicado pero sin embargo inquieto, agitó a Hyacinthe, instigándole a que persiguiera a la maldita guinea de todos los demonios; más que inquieto, empezó a mostrarse divertido, y mofándose de ella vociferó diversos motes: ¡Bruja! ¡Avutarda! ¡Tiñosa! Una bandada de gaviotas picoteaba el oleaje con la esperanza de pescar bancos de sardinas y decenas de medusas, sin asustarse de la barahúnda que armaban los tres personajes. Rackham aguardó, entretenido contemplaba al mozo resollando a causa de sus cortas pisadas, perdiendo terreno detrás de la chica, que sin duda era mucho más veloz; tal como lo imaginó, internándose de nuevo en la arboleda, ella logró evadirse. Entonces por unos segundos el semblante del pirata se tornó grave.

—Ya la buscaré... y la encontraré. —Calico Jack trabó las mandíbulas conteniendo más el deseo que la ira.

Hyacinthe no sabía cómo hacerse perdonar por su jefe, avergonzado rezongaba, disgustado de saberse vencido por quien él consideraba, hacía apenas unos minutos, su inminente presa. Jack Rackham aseguró que se vengarían más temprano que tarde, y culminó la frase en una estruendosa y nerviosa carcajada. Sofocado aún, Hyacinthe averiguó con su jefe si irían a enterrar el baúl en aquel lado de la playa. El capitán Rackham negó, con la mirada vibrara como si la silueta de la rauda joven todavía estuviera recortada en la arboleda; no lo creía conveniente después del extraño encuentro; tal vez sería más inteligente hundir el baúl en el mar, o sembrarlo en una de las dunas de salitre, del lado opuesto a donde se hallaban, o un poco más adentro, hacia el sureste. No, nunca confiarse, Calico Jack se sentía incómodo con la absurda e inesperada presencia de la intrusa, le daba mala espina que una mujer le vigilase por otros motivos que no fuesen los celos.

Nunca antes Ann había vacilado al escapar de las manos de un hombre, más si este hombre era un pirata célebre; la piel erizada en sucesivos escalofríos daba la impresión de existir ajena a ella, dilatando a un fantasma cadencioso y aletargado. Ni cuando se fugó del hogar paterno el espantoso cosquilleo que ahora deseaba repeler invadió sus entrañas, tampoco después, cuando su marido decidió desampararla a la suerte de los enervados piratas, ni cuando fue ella quien plantó a numerosos enamorados o desatendió indiferente a simples aventuras pasajeras luego de saciar su apetito de mujer. Como vivía habituada a echar cerrojo a sus sentimientos, jamás pretendió que murieran de amor por ella, y mucho menos ella deseaba morir de amor por nadie. Había algo de excitante en el rechazo e, inconsciente de ello, fue sembrando el temor a la venganza de su duro carácter y creando un mito.

Nadie se atrevía a amar a Ann Bonny. Le importaba poco la sensibilidad femenina, aunque gozaba valiéndose de ella, y escudándose detrás de las finas maneras se desenvolvía astuta, haciendo de las suyas; sin embargo, actuaba al natural, jamás sintió curiosidad por imitar o sobrepasar a los hombres. ¡Ah, ellos! Despreciaba a los heridos que cicatrizaban fatal agotadas las campañas, no distinguía ningún gesto poético en la demora perversa del regodeo teórico de lo sensual masculino, pero tampoco apreciaba la aceleración del abusador, ni la súbita hipocresía del caballero. No recordaba ansiar asemejarse a nadie que ella hubiese conocido. Su único modelo simpático era el delfín, y el antipático, el tiburón. Entre ambos, si debía elegir, escogería el segundo, sólo por instinto de supervivencia. Cada vez comprendía mejor que lo que ella consideraba la ilusión de felicidad para nada se asemejaba a un hermoso e imaginario árbol cuyas raíces surgieran de la tierra.

El placer de la fuga dominaba sus sentidos, pero sin embargo poseía la certidumbre de que quedaban menos sitios a su alrededor a donde pudiera partir sin que la doblegara la dependencia de una familia, de un marido, o de amistades torpes y exigentes. Amaba el mar, el sol, la luna, las estrellas, y el botín robado por los piratas. ¿A qué andarse con remilgos? Amaba el oro más que el oropel. Robar era su consigna. Y matar, ya lo había hecho, degollado, desollado, destripado sin piedad, aunque en defensa propia. Repetiría tal acción si el peligro acechara. Con dieciocho años normalmente no tendría que andar cavilando en semejantes cuestiones, debería ocuparse de asuntos menos perversos, quizás su juventud debería ser el pretexto perfecto para fingir la mosquita muerta, pero ella se negaba a recurrir a las artimañas. Siempre fue, era y sería así. Tal y como lo sentía. Una bandolera distinguida, el fruto de la unión de un circunspecto y adinerado padre con una arpía criada devenida señorona de impostados modales, recogida luego al buen vivir.

¿Fiesta, pendencia, o circo? Todo a la vez, quedaba claro a simple vista. En el palacete veneciano edificado al borde de una roca que daba al abismo, seguido del océano, los dueños de la residencia, Augustine y Thibault de Belleville, pareja de primos pelirrojos unidos en el matrimonio para amasar fortuna y una de las más ilustres familias francesas de La Nouvelle Providence, celebraban el desembarco de almirantes, capitanes, y oficiales de mediano rango de la marina española, quienes habían sido avisados de que recibirían distinciones unos y serían ascendidos otros, mensaje tramitado por la Corona, en el simple trayecto de la playa a la taberna más próxima, enaltecidos de este modo debido a su conspicua combatividad durante los asaltos filibusteros a los barcos que comandaban. Además, ¿por qué no? También daban la bienvenida a ciertos piratas ingleses que comenzaban a hacerse famosos en el ámbito caribeño, admirados muy en secreto incluso por sus contrincantes, allí presentes, sobre todo por la carnosa Augustine de Belleville en homenaje a una tataratatarabuela pirata, Jeanne de Belleville.

Autoridades de la isla honoraban la ceremonia haciendo caso omiso de tantos delincuentes y bandidos reunidos —los salones de los Belleville, por el hecho de ser aristócratas franceses algo jubilados de La Francia, eran considerados terrenos neutros—, y músicos, trovadores, pintores, artistas de circo, incluidos los fenómenos, como la mujer araña, gnomos de tres piernas, ogros polifemos y tirapedos, muy graciosos, según el juicio de Thibault de Belleville. Si Augustine de Belleville despedía un fresco y agradable perfume de rosas y a la legua resaltaba su escrupulosidad, por el contrario, su primo y esposo, gozaba la fama de puerco; no en balde su mujer andaba con un pulverizador en ristre, en un bolso de mano, y cuando se le plantaba al lado, sin disimulo ninguno, ella oprimía la válvula y regaba agua de rosas, o de violetas inglesas, o de jazmines y naranjas andaluces.

Además, saltimbanquis, ilusionistas, jaleadores profesionales reclamados con el único objetivo de excitar y divertir. Todos ellos alternaban la compañía de damas de alcurnia, cuyos títulos de nobleza sonaban a dudoso origen, con la de señoritas de reticentes ademanes y —según sus ayas— educadas bajo estricta formación religiosa en conventos fundados en islas vecinas, a golpe de sacrificios de indios y esclavos, a manos de sus peninsulares y criollas genealogías; y también con voluntarias y voluntariosas ejecutivas del placer, Matura la italiana brindaba por una tal *demoiselle* Militina Trinca, griega muy cultivada, incluso en tiempos remotos había modificado las leyes de la mar a favor de la mujer —afirmó, socarrona—, ninguno de los allí presentes le daba ni siquiera por el tobillo, y soltó una discreta risita al oído de María *la Gorda*, portuguesa y traficante de esclavos. Carioca la brasileña, enjoyada desde el cráneo a los tobillos, intimaba con madame Ducasse, poetisa romántica y asaltadora de caminos, prima del gobernador de Saint-Domingue.

El espectáculo no podía ser menos deliciosamente primitivo, observó Ann, recién llegada, desde la entrada principal del espacioso salón; iba acompañada de uno de sus amantes forajidos. Al frente, atravesando el recinto, destacaba un inmenso cuadrado de cielo azul enmarcado en un ventanal que daba a una baranda de balaustrada dorada. Nunca antes Ann había sido invitada a estas extrañas fiestas donde se mezclaban amigos y enemigos, fieles y traidores, creyentes y profanos; su mirada recorrió el salón de punta a cabo, y recurvó al enorme balcón, y entonces comprendió por qué había recibido la esquela de manos de Charles Vane exigiendo su presencia. Allí, amparado por una algodonosa nube, apareció un elegante Jack Rackham, la cabeza cubierta con un tricornio, engalanado con una espléndida pluma de avestruz teñida de amarillo, trajeado con una suerte de aljuba ceñida de terciopelo azul oscuro, pero de mangas largas orladas de plateado en los anchos puños, camisa de seda blanca, cuello ribeteado en finos encajes de Bruges, pantalones calicó, rayado en listones blancos y azules, ligeros y abombados poco más abajo de la rodilla, medias blancas, zapatillas a juego con la chaqueta, hebillas bordadas de zafiros, dedos enjoyados de sortijas cuyos brillantes cegaban de sólo fijarse en ellos, de las orejas colgaban sendas perlas negras. Sonrió a la muchacha que, aparentando indiferencia, clavaba una gélida mirada más bien en la nube que servía de trasfondo, entonces él, desnudándose la cabeza, gesticuló una burlona reverencia. Al erguirse, la brisa batió su pelo, desmelenado encima de sus hombros en copadas hebras.

La mano izquierda de Ann se dirigió inconsciente al arma escondida debajo del corpiño de tafetán, encorsetada a más no poder, lo que apenas le permitía respirar, pero le daba una prestancia a su postura. Ataviada a la moda femenina, el pelo recogido en bucles, un dije con una perla en forma de lágrima dividía sus cejas cayendo en triángulo sobre la frente, el ajustado corsé francés en color marfil refinaba la cintura, el escote en corte de corazón elevaba y abultaba hacia el empolvado cuello los senos aplastados, al respirar hondo descubría el inicio de la areola de los pezones y un lunar pintado en forma de luna; el pecho, aderezado con una perla gemela con la alhaja de las sienes que pendía de un collar de diamantes, brazaletes de oro puro tintineaban al menor movimiento de los brazos, la amplia falda de delicada organza también en tono hueso marmóreo transparentaba los muslos y las piernas, zapatillas de piel de cordero bordadas en conchas de nácar ceñían los pies. Iba abrigada con una capa de terciopelo violeta con fondo en seda de oro, aunque hacía un calor insoportable, pero en conmemoraciones como aquélla se debía guardar la forma y respetar los patrones de la elegancia europea. Augustine de Belleville palmoteó con sus regordetas manitas exigiendo atención, y de los corredores emergieron camareros portando bandejas desbordantes de selectos pescados, mariscos, langostinos, vinos importados, sidras burbujeantes, vasijas altas cuyo contenido de espumosa cerveza hizo relamer de gusto a los exquisitos degustadores.

Sentados a una mesa de madera de varios metros de largo, los comensales devoraron y bebieron a más no poder, en medio de un barullo ensordecedor. Quienes más escandalizaban eran los insulares, seguidos por los españoles y los italianos, los franceses fingían seguirles la rima, pero más bien detestaban el desenfrenado parloteo generalizado. Esquivaban opinar de política, y cuando inevitablemente se tocaba el tema, los rivales rehusaban cruzarse las pupilas, rehuían altaneros cualquier afrenta directa, y pasados algunos minutos de pullerías, o sea, bajezas hirientes, o por el contrario, insultos sosos, se retornaba a las conversaciones ligeras, la moda, la riqueza, los tesoros, los palacios, los castillos, villas adquiridas y revendidas, dotes, herencias, títulos nobiliarios... O simplemente, ante la persistente demanda de numerosas espectadoras, los piratas contaban banales altercados disfrazándolos de proezas marítimas, cuidando de no herir la sensibilidad de los marinos obligados a la jubilación, quienes, no cabía duda, que más temprano que tarde, dadas las circunstancias, devendrían a su vez piratas. En la mar, o una cosa o la otra. Augustine de Belleville se las había arreglado para sentarse junto a Ann. Envuelta en una azulada humareda de tabaco, se dirigió a su vecina.

—Agradezco que haya aceptado venir. Es un gesto que me obliga a deberle —con los franceses siempre se está obligado a la deuda—. Puedo pagarle in situ, pues advierto que está usted muy interesada en uno de mis convidados.

—Es increíble el parecido suyo a una mujer con la que sueño desde que soy niña. —Ann evitó entrar en el trapicheo de toma y daca—. Ella está en un barco, con sus hijos, en fin, creo que son sus hijos...

—Ah, sí, desciendo de ella, la vieja zorra, Jeanne de Belleville, uno de esos chicos fue nuestro tatarabuelo, de Thibault y mío... Es probable que le hayan contado sobre ella, una de las más bellas aristócratas de Francia. A lord Olivier de Clisson, su esposo, le rebanaron la chola con una espada en la plaza de Grève. El verano del 1343 fue espantoso en el tema del crimen político camuflado en crimen común, podemos apreciarlo en una viñeta de Jean Froissart del siglo XV. Ahora, todo parece indicar que intrigó contra Inglaterra, figúrese. La viuda, mi tataratataratarabuela, juró venganza, lo vendió e hipotecó todo, compró una armada filibustera, se hizo ella misma la capitana pirata, devastó ciudades, le arrebató la manía por inmolar e incendiar. Muy cruel se volvió esta chica, muy cruel, mi tataratatarabuela. Con ella arrastraba a sus pequeños idiotas, iguales de malignos que su madre. Seguro le habrán hablado de ella y usted se quedó con el fantasma de esta golfa abatiéndole los pensamientos.

—Nadie me habló nunca de Jeanne de Belleville —aseveró Ann, sorprendida.

—Bueno, al grano, ¿desea conocer a Calico Jack, sí o no?

—Nos hemos visto ya. Me interesa el tesoro, no la persona.

Augustine no supo eludir la carcajada.

—Querida, todas ansiamos el tesoro, para eso invité al capitán; es viejo ardid; con tal de sacarle dónde ha enterrado el bendito cofre; pero, tranquilícese, esta noche él no constituye la pieza clave en el rompecabezas, existen innumerables víctimas y tesoros más accesibles, o sea, propuestas mejores. No pretendo encapricharme. Créame, recomiendo también al hombre, es un consejo de experta. Puedo adelantarle, como aperitivo, que es como un sol vibrando en el vaivén del oleaje. Muy chulampín, eso sí; aquí todas le estamos detrás. Y él, que no se hace de rogar, buena perla es... Una joya, una joyita embarrada en almíbares...

Unos engulleron y otros apenas probaron el suculento banquete, empezado al atardecer y que duró hasta la mañana siguiente; obedeciendo la orden de los anfitriones, una jovencita pareció que revoloteaba hacia una arpa gigantesca, un negro vestido de levita pulsó el violín, un cuarentón regordete de ridícula estatura y piernas gambadas arrancó resonancias magistrales a un órgano barroco. Los criados recogieron la mesa, y junto al concierto empezó el ansiado festejo. Cada hombre y cada mujer buscaron la pareja de su conveniencia y los disparejos se arrimaron como pudieron, bailando enardecidos y embotados por la fanfarria general. Los que no bailaban hacían trastadas, como la mujer araña, envolviendo a unos cuantos militares y piratas en las redes que tejían sus brazos y piernas con los hilos nacientes de los poros de su cuerpo. Los ogros paseaban con apocadas doncellas sentadas encima de sus gibas. Los enanos bailaban a tres pies con aquellas *cocottes* de Las Amazonas que no habían conseguido buenos partidos. Algunos se batían en duelos amistosos que terminaron invariablemente en riñas sanguinarias, pérdidas de dedos, orejas, cicatrices a granel en los rostros, debido a lo cual poetas miedosos canturreaban o garabateaban versos en cuadernos pesados imitando a los locos, y más distantes, el comefuego y el tragaespadas hacían la sensación de un público vicioso de percances y aventuras. Augustine de Belleville se apoderó de la mano afiebrada de su compañera de mesa, danzó con ella; enlazadas por la cintura, en uno de los giros aprovechó para escabullirse y dejar a Ann plantada, delante de Calico Jack, a quien todas las damas de reputaciones respetables, o dudosas, no quitaban los ojos de encima.

Él la atrajo hacia sí. Volaron más que tripudiaron, girando y retándose serenos. Cesó la música, los aplausos y los vivas a los artistas invadieron la estancia, y dominó la confusión del deseo exacerbado por la cálida caída de la tarde. Ella empujó al pirata hacia la terraza, hincándole el flanco derecho con la punta afilada de la daga.

—No deberías haberme amenazado; si lo que querías era estar a solas conmigo, yo habría aceptado gustoso, suelo ser muy complaciente con las señoritas —sonrió y los dientes inmaculados rozaron el borde del labio inferior.

—Me conformo con una parte importante del botín. Con el que Charles Vane pagó a usted por los negros. —Ann no bajaba el arma.

—Ah, eres de las nuestras... Si lo quieres, si de verdad lo anhelas, deberás acompañarme.

Jack Rackham la haló de un tirón hacia él, a riesgo de acuchillarse el hígado. La daga picó en el canto del balcón y cayó al vacío. El pirata besó a la joven, lamiéndole los labios, chupándole la lengua, introduciendo la suya hasta la garganta. Rodaron enlazados a todo lo largo de la baranda, balanceados por el viento salitroso. Aprovecharon que alguien había dejado abierta la puerta de una recámara que daba a la terraza, las velas del candelabro estaban a punto de extinguirse y a tientas desgarraron las ropas y fundieron sus cuerpos desnudos y sudorosos. A la joven la recorrió un escalofrío muy hondo, detrás del ombligo, una especie de sabrosura perdurable. El pirata besó su cuello oliéndola, se apoderó de una jarra de porcelana y sorbió grog, lo vertió dentro de su boca, volvió a coger buches de ron mezclado con agua y fue derramándolos en los senos, en el ombligo, entre las piernas. Agitó la lengua por toda la piel, lamiéndola desde los párpados hasta los pies; mordisqueó los pezones, las axilas, serpenteó la lengua en el vientre, escupió en el pubis y absorbió la saliva empantanada en los labios del sexo. La apartó, para contemplarla, le gustaba aquella complexión fuerte, musculosa, tetas redondas y paradas, erizados los pálidos botones rosáceos, la pelvis estrecha y abultada.

Por otra parte, a ella le fascinaba la hercúlea figura del hombre, masa fibrosa, sus ojos, su boca, la melena salvaje. Escrutó para ahí, debajo de la pelambrera oscura, un miembro liso de asombrosas dimensiones, brillante, erecto, en la punta una gota transparente y viscosa. Ella saboreó el semen, tirada en la cama abrió las piernas, mostrando el tajo rojo, empapado y resbaloso. Él se acostó encima de ella cuidando de hacerse ligero, y la penetró con suavidad, empujando acompasado, después arremetió con fuerza volcándose en sus entrañas mientras con la mano derecha frotaba la pepita, ella gemía desmayada en el placer, entonada en lo más ascendente de la excitación.

—Vendrás a mi galeón, no te niegues, te irás conmigo; mis tesoros serán los tuyos —prometió Calico Jack.

—¿Sí, hasta ese punto, tan fuerte te dio? No, no saldrá bien. Ya pasé por eso. Mi marido, James Bonny...

—Sé quién eres. Y además sé que voy a amarte. Sé todo de ti y de tu marido... Juro que te amaré.

—Es lo que prometen todos. Y después de lo metido, nada de lo prometido —rió escandalosa de la frase soez—. ¡Aaaah, la vida! En fin, hablando del «difunto», sólo hice unos cuantos viajes junto a él, en camarotes de lujo, más o menos en calma. Hubo abordajes, como podrás suponer, me bauticé. Hasta que fui secuestrada por los piratas por su culpa, a decir verdad, después de fastidiarme bastante, decidieron consentirme, ¿ves? De lo ridículo a lo sublime.

—Mi reina, serás mi reina. Nadie podrá saberlo, mañana embarcamos.

—¿Ni tu ayudante?

—Ni Hyacinthe, nadie. Dormirás en el camarote junto al mío, comunicaremos a través de una puerta secreta...

—Oye, tú, niño, ¿por qué debo creerte?

—Todas lo hacen.

—No soy como las demás.

—Es lo que dicen todas.

—¡Nunca te creeré! —y diciendo esto abrió un superficial arañazo en el pecho del hombre.

Él la atrapó y jugaron a marcarse a mordidas, chupones y pellizcos.

Empezó a caer una tupida llovizna que levantó del suelo mucho polvo y vapor achicharrante, arreció al punto una lluvia torrencial con ventolera; en la distancia, los nubarrones se tornaron de grises a oscuros, la cortina del aguacero cubría el horizonte. ¡Ciclón, viene el ciclón!, vocearon los lugareños desde las ventanas vecinas, que fueron cerrándose a cal y canto. En el palacete, los convidados de Augustine y de Thibault de Belleville, incluidos los anfitriones, aún roncaban agrupados en las camas o acostados en el enlosado suelo, o recostados encima de almohadones y cojines embarrados en vómito y en sangre. Todavía era la madrugada, Ann se marchó a casa, el capitán Rackham tomó rumbo hacia el velero, ambos prometieron juntarse en el *Kingston*.

La joven se enfundó la indumentaria masculina, y después de recoger unas cuantas pertenencias, al aclarar, corrió hacia la playa; pese a la ventolera huracanada, remó en una canoa batiéndose con el encrespado oleaje, tratando de alcanzar el barco pirata tapado por la neblina opalina. Ann presintió que, en lugar de ir a formar parte de aquel navío, su piel se rompía y los huesos crujían creciendo en una dimensión sobrenatural, inflamados desperdigaban centellas cobrando la forma de un velamen, y entonces acontecía lo imprevisible, ella se transformaba en un navío, y debía avanzar, a toda velocidad, acudir rápido, más rápido, a más no poder, hasta el centro, allí, hacia lo más puro y sobrenatural de la mar, horizonte de espumas fileteadas en redes tornasoladas. Zambullirse, nadar, flotar, volver a sumergirse, nadar, tragar las aguas tibias y perfumadas, enredar sus piernas en los sargazos... Murmuró que no había nada más similar a verse entrampada en las redes de la quimera como vivir el desvarío de metamorfosearse aunque fuese en bergantín.

—¡Ann Bonny, maldita! ¡¿Adónde crees que huyes?!
—una silueta saltaba en la orilla como un mono al que

han cuqueado agitándole un racimo de plátanos maduros para luego tirarle un puñado de maníes zocatos.

Entrecerró los ojos y aguzó la mirada. Desde la playa, James Bonny, malhumorado, acompañado de un soñoliento obeso, adjunto del gobernador recién levantado de la cama, exigía cuentas, instigándola a retornar.

—¡Ann Bonny, no te escaparás, nos debes plata de la taberna! ¡El gobernador en persona irá a por ti! ¡Ya verás lo que son cajitas de dulce guayaba! ¡Ann Bonny, he vuelto, por todos los demonios! ¡Ann Bonny, espera noticias mías, me vengaré!

Juntó hasta la última gota de sus fuerzas, apretó los dientes y reanudó el remo, hacia el infinito finito, un eternal presente, lo más veloz que pudo al oculto azul añil. Mujer galeón, aunque tuviese que infligir el reglamento y refinar su instrucción en el dominio de la ambición de los hombres; a toda costa debería existir como mujer galeón.

—¡Levad anclas, largad amarras! —voceó el capitán Jack Rackham, preparando para zarpar.

El sol desapareció detrás de un nubarrón.

—¡Eeeh, eeeh, soy James Bonny! —gritó el nervioso soplón desde la chalupa, acompañado siempre por el adjunto del gobernador.

El pirata asomó incrédulo medio cuerpo hacia afuera de la borda.

—¿Busca usted a alguien?

—¡A una esposa, la mía, sé que está con usted! ¡La devuelve, o paga por ella!

—¡Está loco, hombre, márchese! ¡No puede haber ninguna mujer a bordo!

James Bonny pacientó el resto del mediodía, remando muy pegado, pisándole los talones, aguardando a que cayera la noche, bogando infatigable, persiguiendo furioso lo que él creía un bergantín, pues aunque relativamente cercano, la espesa niebla, las nubes muy bajas, el día gris, el mar plateado, reducían su capacidad de visión.

—¿Cuánto quiere? ¿Le parece bien esto? —susurró el pirata, mostrando desde lo alto un cofre abierto, resplandeciente de coronas y escudos de oro.

El contrabandista aceptó afirmando varias veces con la cabeza. Calico Jack lanzó una moneda al aire, el otro la atrapó y probó su autenticidad mordiéndola con fuerza. El cofre fue entregado en mano por Hyacinthe, quien descendió expresamente a la chalupa para efectuar la transacción, sospechando la esencia del negocio. Entretanto, en el camarote forrado en terciopelo rojo adornado con orlas doradas, dormía Ann Bonny, ignorando que acababa de ser vendida por su marido y comprada por su amante.

—¿Al menos habrás exigido una factura por la mercancía? —escudriñó entre humillada e irónica en el rostro del pirata, cuando al desperezarse, estirando los brazos al techo, supo por él mismo de lo acontecido.

—Nos ha entregado un contrato firmado por él, tienes derecho a ser mía mientras vivas en la mar. En tierra le perteneces, ya que es tu marido por ley.

—¡No es más que un vividor, un mequetrefe, chulo de a tres por cuartos! ¡Un cobarde! —exclamó, furiosa.

—Ann, ponte hermosa, cenaremos en el camarote —respondió indiferente, tratando de desviar hacia él la atención de la joven.

IV

Ciertos pájaros son llamas.

Marguerite Yourcenar

La glacial humedad calaba los huesos, a punto de helarse amontonada entre cadáveres distinguió un reflejo, lo más parecido a la luz temblorosa de un candil, alrededor revoloteaba un enjambre de abejas. Traquetearon sus mandíbulas y el ruido provocado por el frío, el miedo, y el desfallecimiento rompió el horrendo silencio; parpadeó, la oscuridad volvió a reinar, la luna tan distante dibujaba una sonrisa en medio del cielo, ¿o era una sonrisa real velada por apelotonadas nubes? Podía masticar los buches de sangre en el interior de su boca convertidos en trozos de hielo, sin embargo, la sed estragaba su garganta y le ardía el estómago. Intentó moverse, pero una pierna tiesa y ajena cayó, le aplastó la cadera y le impidió cualquier gesto. El cuerpo, insensible a causa de la interminable nevada y del peso intenso de otros cuerpos sin vida y de mayor pesantez y complexión física que el de ella, se hallaba entrampado debajo de una voluminosa montaña de soldados ingleses degollados, destripados, descuartizados, baleados y rebajados a la condición de coladores de cocina, a causa de la puntería de los mosquetes españoles. Debía correr, largarse de allí, lo más rápido posible, antes de que el fuego proveniente de las barracas de la villa arrasara, llegara hasta la loma de carne y como mismo había acontecido a los pobres campesinos fuese quemada viva. Si es que sobrevivía, si es que lograba zafarse del nudo en que se encontraba atrapada.

Creyó oír el galopar de un caballo.

El oído ensordeció bruscamente y al rato recobró la audición, figurándose que la bestia relinchaba junto a su oreja. El estruendo hizo que comprendiera que el caballo había sido derrumbado, herido de muerte por dos mosquetazos, una esfera de hierro enquistada en el corazón, la otra en el ojo. La pupila del tamaño de un huevo rozó fija una piedra, a pocos centímetros de la suya. El caballo agonizaba, ella igual, tal vez espumeaba por los ojos y eso le hacía pensar lo peor. ¿Cómo había llegado a desear esa guerra? Por vicio de las armas, y porque le fascinaba lucir como un hombre corajudo. ¿De qué modo arribó a la campaña de Breda? En un buque de la Royal Navy, y más tarde, por cierto, formando parte de la caballería inglesa, a horcajadas encima de un hermoso caballo purasangre; recordó que la crin caía en espléndidas vetas rojizas hacia los afiebrados costados. Apreciaba lavarle, cepillar el lomo brilloso, acariciar la elegante grupa, y observar en el remolino profundo del ojo del caballo una llamarada, como una flecha incendiaria. El purasangre reventó después de una semana trotando, cruzaban pantanos y terrenos minados, sin agua como no fuera la que conseguían colar entre los dedos extraída del lodazal, sin un alimento que llevarse a la boca, como no fuera el vómito reciclado.

En aquel remolino profundo ahora contemplaba el abismo, el inerme vacío. ¿Por qué había elegido la guerra?

Deseaba alejarse de la madre, de su identidad definida por el nacimiento, sobre todo ansiaba probarse como combatiente. Y continuar lo que otros ya habían empezado imbuidos por creencias y pasiones, o por obediencia y necesidad de dinero, desde Isabel I sucedida por la dinastía de los Estuardo, con esa frágil reina Ana, que tanta rabia o compasión sembraba entre sus vasallos al no haber sido provista de descendencia hasta ese mismo instante en que sus soldados boqueaban en Flandes, atarugados por la metralla española, aunque mantenidos por los franceses y los holandeses.

Nada le importaba en lo más mínimo y todo influía al mismo tiempo, ni el servilismo al trono, ni orden religioso impuesto a distinto modo de pensamiento, ni la urgencia ante una precaria situación, nada de eso le había persuadido a enrolarse, pero de todo dependía. Ella sólo ambicionaba combatir e igualarse a los contumaces luchadores de pelo en pecho, y que sus compatriotas le reconocieran como tal, respetuosos e inclinados ante el poder de su bravura. Y la guerra, sin duda, en ese aspecto constituía un esperanzador aprendizaje, sería una excelente graduación. Podía afirmar que se sintió cómoda a campo traviesa, blandiendo la afilada espada en una mano y la pistola en la otra, el puñal entre los dientes, remolineando los brazos delante de la cara del pavoroso adversario. Desde su magnífico estreno, en que se vio inmersa en medio de tramposas ciénagas y de desamparadas trincheras, fue consciente de que se divertía haciéndole perder la paciencia y la vida a los cochinos contrincantes. Por inercia debió defenderse, de eso se trataba, y por razones acató órdenes, y en muchas ocasiones llevó la batuta imponiendo sus pautas, metiéndole la altanera frente a las balaceras, jugándose el pellejo. La guerra como concepto no le agradaba de ningún modo, pero no tenía otra opción, por banal que se le ocurriera, en que su carácter encajara. Nunca fue una chica de bordados, costuras y corpiños vaporosos; de hecho, jamás se había vestido de doncella.

Percibió ruido de pasos en una dimensión extraordinaria, con toda seguridad estaba muriéndose, pues oía pasos y voces agigantados, un recurso sin duda de la poca imaginación que le quedaba para aferrarse a la respiración. Por aquellos parajes no cabeceaba ni siquiera una alma en pena, abatidas todas. Quiso aspirar aire hondo y las costillas le dolieron en mil sitios, como si las tuviera astilladas, trituradas en cenizas. Al soldado debajo de ella se le escapó un pedo, y sin embargo estaba rigurosamente hecho picadillo, igual que la primera esposa de Constant d'Aubigné, picoteada en un estúpido rapto de celos por su marido, quien sería el padre de la esposa secreta de Luis XIV, la marquesa de Maintenon; o sea, que técnicamente el suegro del rey de Francia había sido un criminal de connotada bajeza, aunque primero fue un extraordinario poeta, protestante, y con un borrachín por hijo. Recordó esta tontería porque precisamente ése había sido uno de los últimos temas de conversación que sostuvo con su compañero de tienda y contienda, Flemind Van der Helst, mientras barajaban naipes vieneses en la antesala de la próxima contienda.

Se desayunaba ahora con que los muertos expulsan pedos, así sus tripas sirviesen de sombrero al inquilino de los bajos.

—Billy, Billy... —no era la voz de su madre, menos la de su padre, nadie le hablaba desde los bajos fondos londinenses, ni desde los bajos fondos del más allá.

Sin duda se hallaba en las últimas, en un campo remoto, no sabía cuánto tiempo hacía que no evocaba la figura materna, ni ninguna ausencia familiar.

—Billy, Billy Carlton, responde... Estás vivo, sé que estás vivo...

Pudo liberar un pie y moverlo apenas ligeramente, pero la sombra pasó junto a ella y no se percató de la señal, siguió de largo buscando a tientas. Era su única oportunidad, estuvo consciente de que su destino hacía equilibrio en el hilo aciago del olvido o en la cuerda feliz del reencuentro, lo más probable lo primero... Iba perdiendo esperanzas a medida que la sombra se alejaba considerablemente... Ven a mí, regresa a mí, musitó en letanía... Empujó lastimándose todavía más los costados y enseñó un trozo mayor del pie, pero el dedo gordo trabó en el hueco abierto por la bala de cañón, donde borbotaba la sangre del caballo; las entrañas fangosas de coágulos, lodo y metralla calentaron, y advirtió un bienestar en el tobillo, recuperó la movilidad, la sangre bombeó de nuevo a todo meter en sus arterias. Al cadete muerto se le volvió a ir un fututazo de sus regados intestinos, no podía creerlo... La sombra viró sobre sus talones. Acababa de salvarla el pedo de un ejecutado.

—¿Hay alguien? —inquirió la silueta.

Extrajo el pie de la purulenta herida de la bestia, removió y estiró la pierna. La silueta corrió hacia el lugar y haló del miembro inferior tinto en sangre hundido dentro del caballo, dañándole en la rodilla. ¡Aquellas manos, reconoció sus manos! ¡Flemind Van der Helst, era Flemind!

—Eres muy hermoso, Billy Carlton. Tus ojos dorados enloquecen, y tu rostro lampiño...

—Deténte, Flemind Van der Helst, para, no sigas...
—tiró las barajas.

—Podemos acariciarnos, si lo deseas... Eso no dirá
nada en contra de nuestra hombría; nadie se enterará.
Me recuerdas a una chica holandesa que me volvía turulato; cuando te sueltas el pelo, cualquiera diría ella... En
fin, me la recuerdas lejanamente, ella era rubia y pecosa.
Nunca permitió ni siquiera que le dedicara una palabra,
nada... Un mediodía la sorprendí ordeñando una vaca,
me le tiré encima y la besé, ella se dejó, tenía los senos
grandes y duros, y las nalgas fabulosas de idéntica blan-
cura que la leche que chorreaba de la ubre... No me dejó
que se la metiera por delante, pero se puso de espaldas,
y me entregó el culo. Por el culo, sí, fíjate. Por delante,
no. Yo fui el primero, claro; le dolió mucho, pero al rato
gemía de puro goce. ¡Una delicia!

—Calla, Flemind Van der Helst, tampoco yo te dejaré. Por ningún lado. Ni lo sueñes.

El compañero de cabaña avanzó gateando hacia donde ella tiritaba, Mary Carlton, cadete Billy Carlton, arrin-
conada, eludiendo el peligro de ser manoseada. Acaba-
da la pared de lona, Carlton, resignada, apretó los ojos,
la boca, y juntó las piernas. Flemind Van der Helst posó
tierno los labios en los suyos. Ella quiso seguir, temblorosa, pero le repelió de un puñetazo en el pecho.

—¡Levantad campamento, partimos dentro de dos
horas! —la orden venía del exterior y los aplacó la em-
briaguez, colocándolos en la situación real de dos soldados, inglés y holandés, que deben unir filas despojándo-
se de cualquier otro sentimiento como no sea la furia de
guerrear.

—Si tú quisieras, podrías ser una vez mujer, y después

me tocaría a mí, nos turnaríamos... —Flemind Van der Helst volvió a la carga sin dejar de recoger objetos y guardarlos en la mochila, a lo como quiera.

—Olvida esta conversación; conmigo no será, amigo, olvídalo. No ignoras el castigo que nos puede caer si nos sorprenden en prácticas homosexuales. —Mary, o sea, Billy Carlton, se oyó recitando el catecismo del almirantazgo, zanjó el asunto con un movimiento tajante de la mano, que fue a apoyarse en el arcabuz, con la otra palmeó la espalda del joven holandés e, instigándole a apurar tareas, salió y se dedicó a desencajar de la tierra los gajos que sostenían la tienda de campaña. Rascabuchó a su compañero a través de un hueco en la tela, cambiaba sus ropas por una muda limpia, vio el pene zarazo, y la boca se le hizo agua. Le gustaba Flemind Van der Helst, por fin le gustaba un hombre para hacerle el amor, como comérselo vivo, y quererlo al punto que por poco se desmaya cuando él, sintiéndose espiado, dirigió su vista al hoyo donde su ojo pestañeaba repetidamente. Sus entrañas llamearon, su sexo latió, igual que un pájaro preso aleteando dentro de la jaula. O que un gorrión atorado en la garganta de una nube.

Eso ocurrió en la madrugada anterior a la contienda... Por donde Flemind Van der Helst desapareció en un bosquecillo, batiéndose arrojado contra un ágil valenciano, luego reapareció en un descampado, la humareda de la pólvora y la fragilidad de un sol baboso y rezagado reflejado en el escudo escocés impidieron que le viese una tercera vez... Además, ella también empuñaba la espada, retorcía intestinos con la punta, desguazaba hígados, fustigaba corazones, cortaba orejas, apuñalaba rabiosa entre los ojos, o en los ojos mismos, dejando pozos oscuros. De súbito fue herida debajo del seno izquierdo y golpeada con el puño de un sable en la cabeza, cayó redonda sin sentido. Sin recuperar el conocimiento, el contrario arrastró su humanidad hasta una pila de cadáveres y allí le abandonaron, contentos de darla por muerta. Con tan buena suerte que los españoles cambiaron de idea, y en vez de convertir la pila en pira, se desbarrancaron a las chozas en búsqueda de víveres, de buena comida, a robar a los heridos y a los muertos. Después de vaciar estantes, destruir enseres, embolsarse prendas y atemorizar a la población, incendiaron la villa y partieron a refriegas menores entre ellos, o a cagarse en la madre de los puñeteros y apestosos franceses.

Al volver en sí, abrió los ojos con pesantez, se descubrió toda vendada, y el rostro del soldado holandés la contemplaba pegado al suyo, llevó una mano a la cara y la halló áspera a causa de la persistente fiebre. A pesar de la debilidad pudo advertir que debieron de haberla desnudado, y entonces intentó averiguar. Flemind Van der Helst admitió, para asombro e inmenso agrado suyo, que tanto él como el médico habían descubierto su condición de damisela, sólo ellos dos estaban al corriente, hasta el momento. ¿A qué ocultarlo? Ella palideció muy fatigada, elevó los ojos al techo y encogió los hombros restándole importancia. Flemind Van der Helst acercó el fanal de combate a su rostro, le quitó una hormiga que transitaba de la mejilla a la nariz, aplastó al insecto entre sus dedos; aprovechó y la besó por segunda vez. Ella correspondió, aliviada y deseando salir de todo aquello de una cabrona vez.

—Billy Carlton, ¿cómo te llamas realmente?

Deletreó su nombre, no hubo sonido, había perdido mucha sangre y estuvo a unos minutos de morir helada.

—M-a-r-y —leyó Flemind Van der Helst en el movimiento de sus labios.

—Mary, Mary... Prefiero Billy —pellizcó un cachete de la chica.

Añoró la mar, y el embeleco de deleitarse junto a las embarcaciones en el puerto, acudir a Las Bacanales, la tasca londinense donde tantos marinos dejándose emborrachar se habían esfumado para luego reaparecer a bordo de un barco pirata en contra de su voluntad. Extrañó el agrio olor de los mineros, y el vivo sahumerio de la floresta mezclado con los groseros efluvios de la brea y el ensoñador aroma del salitre, lo cual todo reunido apestaba a podrido; pero de todos modos la nostalgia punzó en el acento forzado de la memoria.

No más curarse, hicieron pública la verdadera identidad de Mary. No fue coser y cantar. Fingieron un duelo tomando como testigo al escuadrón. Nadie entendía aquella insólita disputa entre dos camaradas, y más, recién acabado uno de ellos de padecer peligrosa convalecencia. Al final, el cadete Billy Carlton rodó por tierra burdamente, al tropezar con una piedra invisible, ante los atónitos soldados. Flemind Van der Helst, arrodillado ante ella y de una andanada, confesó el secreto, declarando con pelos y señales su apasionado amor. Almirante, maestre de campo, capitanes, sargentos, y hasta el último de los centinelas y cadetes rasos en la jerarquía militar no daban crédito a lo que escuchaban y veían, pues Billy Carlton correspondió a Flemind Van der Helst con un beso de tornillo, y abriendo los primeros botones de la camisa, extrajo la lona —no sin dificultad— que aplastaba su pecho, y los liberados senos agraciaron su figura de hembra.

Más tarde, después de larga deliberación, estuvieron de acuerdo en aceptar a una fémina entre tantos valientes, ella también lo era de sobra; pese a que estaban prohibidos las mujeres y los homosexuales; su existencia en la trinchera, castigada sin piedad, había vuelto desgraciado a más de uno, pues para nadie constituía un secreto que con la cantidad de chicas disfrazadas de hombres que luchaban a las órdenes de la Armada Real se podían integrar varios regimientos. Tanto para el ejército como para la marina y la piratería, la feminidad atraía la mala suerte y significaba revueltas y trifulcas, alborotando y creando la inconstancia y la indisciplina entre los hombres.

Pero Mary Carlton no era cualquier mujer frente a los parámetros de la armada, entre sus camaradas gozaba del prestigio de ser un estoico defensor del orgullo y del honor británicos, y Flemind Van der Helst no se quedaba rezagado. No irían a expulsarlos así como así; más bien, disertó el almirante McLe Bris, estarían de acuerdo en consentir y celebrar discreta boda, si ellos lo ansiaban, y mientras más pronto mejor, asunto de evadir tejemanejes peores, como que pudiese ocurrir que un soldado cayese encinta de otro.

Carlton finalmente gozaría de la posibilidad de vestir un traje que resaltara las ventajas de sus curvaturas y firmes redondeces, al menos por el tiempo que durase el casamiento; unas horas luciendo como lo que era, como jamás había podido hacerlo, bien valía el matrimonio. Ya que de inmediato, finalizada la ceremonia, se vería en la obligación de reanudar sus deberes y labores militares, y por supuesto, retomaría las vestimentas adecuadas: chaqueta roja, pantalón blanco ajustado, galones, botas altas, armamento, y cuanto féfere acompañaba.

Flemind Van der Helst, arrebatado de felicidad, corrió a arrancar unas flores de uno de los pocos jardines que habían quedado con vida después del arduo enfrentamiento entre las tropas. No podía creer que estuviese juntando una rosa roja, una margarita, tres lilas, cuatro acacias, y arbustos silvestres, para su novia. ¡Oh, tenía novia! Y esa novia era nada más y nada menos que Billy Carlton.

—Billy, te quiero, ellos tienen razón, deberíamos casarnos. ¿Te gustaría? ¿Me aceptarás como esposo? —Entregó el ramo a su amada.

—Yo también te amo, y acepto tu propuesta. Seré tu fiel esposa, a una sola condición.

—¿Cuál, querida mía? —Las pupilas claras del holandés brillaron enrojecidas de emoción.

—Que te aprendas mi nombre de pila. Es muy fácil, me llamo Mary, ya no más Billy.

—Si no te molesta, no quisiera herir tu sensibilidad, pero seguiré diciéndote Billy.

Mary Carlton no pudo aguantar un ataque hilarante, el destino imponía que continuara existiendo bajo el fantasma de Billy Carlton, su hermano, aun siendo ella misma. De un malabarismo cayó esparrancada entre los brazos de su futuro esposo, acotejó los bucles pelirrojos detrás de las orejas de Flemind Van der Helst, acarició con un dedo el corte de su barbilla. Las corpulentas piernas del hombre pudieron sostener su peso y avanzaron hacia la entrada de la cabaña, ella con las piernas enlazadas alrededor de la recta cintura.

—Espera, verás: iré a la boutique La Pasión Breda, he pasado por allí en varias ocasiones. Y me compraré un traje rojo bordado en canutillos dorados y perlas malayas.

—¿Rojo? ¿No crees más apropiado una prenda menos escandalosa?

—Por favor, será la única vez... —Él consintió, mordiéndose los labios en gesto de ternura.

—Te acompaño, amor mío.

—No, Flemind, deberá ser algo muy inesperado, una auténtica sorpresa. Te juro que te amo, y estaré de vuelta al atardecer, en lo que echas una siesta, como quien dice. ¡Todo esto ha sido tan imprevisto, y la primera desprevenida he sido yo! ¡Bendito el pérfido cristiano que me abrió el tajo debajo de las costillas!

—No digas bobadas —arrugó el entrecejo.

Mientras tiraba de las bridas del caballo, lo ensillaba, y de un tirón se espernancaba en el lomo, pensó que nunca se había mostrado a sí misma tan eufórica, disfrutando de un humor excelente; de golpe tuvo la sensación de que le extirpaban una zarpa enorme del interior del pecho. Cabalgó hasta llegar a la tienda, muy pequeña y graciosa, de una costurera flamenca, célebre en Breda por sus encantadoras hechuras.

Desde fuera y a través de la empañada vidriera no divisó a la dueña, ni a ninguna vendedora, pero no más cruzó el umbral, el sonajero colgado a la entrada avisó de su presencia; la patrona surgió de entre las cortinillas de tul que separaban el espacio entre los clientes y su vivienda familiar. Iba con el pelo recogido en una cofia ribeteada con un encaje muy fino; la blusa blanca muy limpia ajustada con un corpiño verde entretejido con una cinta negra, falda de cuadros de pana. Era una rozagante señora, afable, y fue hacia ella limpiándose las comisuras de los labios con la punta de una delicada servilleta de hilo. Sembradas en el entreseno, Mary descubrió unas migajitas de pan negro.

—Está usted almorzando, vendré en otro momento —se disculpó ella, siempre camuflada en ropajes de varón.

—No es nada, acabo de terminar el caldo. Aunque no sé en qué podría servirle, joven; sólo dedico mi trabajo a embellecer chicas, y como ve, además, vendo chucherías.

Apenas cabía un objeto más. Atiborrada de candiles de diversos tipos, pomos de cristal repletos de caramelos, bombones, chocolatines, sombreros inspirados en vuelos de pájaros, o en la crecida de un río, o en un gajo de un árbol mecido por la brisa, modelos muy adelantados para la época y cuya confección era absoluta inspiración de la dueña, ropa interior de seda, doblada en gavetas transparentes detrás de estantes donde resplandecían la miel y la canela tostadas aderezando olorosas tortas recién horneadas, quesos al orégano, jamones prensados, frascos de perfumería, polvos, cremas, peinadores, y vestidos cuyos tejidos enseñoreaban los brazos lacteados de las chicas del pueblo.

—Soy una de ellas —la forastera zafó el ensortijado pelo, entreabrió la chaqueta y también exhibió el escote a profundidad, hasta los pezones abultados.

—Vaya, vaya, con las inglesitas aliadas... —trajinó la frase en un canturreo.

—Voy a casarme —miró hacia los percheros en donde colgaban vestidos.

—¿Ah, sí, además? Con un chico, supongo...

Mary afirmó divertida, buscando entre tanta verbena a diestra y siniestra, caminaba con bruscos movimientos machorros de recluta, de los cuales no había podido desembarazarse en tan escaso tiempo como mujer.

—Es cadete, igual que yo, pertenecimos a caballería, y ahora somos de infantería —aclaró.

—A veces me pregunto si no nos vendría bien una santa paz de las más rigurosas, y que las cosas tomen su curso regular. Que no me extrañe si me añadirá que anda pronta a dar a luz... —la mujer dobló los brazos en jarras, y meneó la cabeza de un lado a otro, incrédula, tarareando de nuevo la cancioncilla típicamente burlona.

—Todavía no, señora. —Mary, un poco molesta, se decidió a preguntar—: ¿Ha vendido el vestido de terciopelo rojo bordado en canutillos de oro y...

—... y perlas de La Malasia? No, sólo he cambiado la vitrina ayer, aún lo conservo. Y lo he guardado, pues en tiempos de guerra la gente no pretende festejos ni convites. Había pensado quedármelo, pero ya que se casa usted... se lo rebajaré a buen precio, para que después no digan que los de por acá somos mezquinos, que para cicateros los franceses... —La tendera abrió una caja tapizada en tafetán y desdobló la prenda delante de los desorbitados ojos de Mary Carlton—. Venga al probador, le quedará que ni pintado.

Haló de las argollas de una cortina de tul satinado teñida en irisado bijol y convidó a la muchacha a que se mudara el ropaje de guerrero, y no olvidara descalzarse las botas embadurnadas en barro y estiércol, pues si manchaba la prenda debería pagarla de todas maneras, aunque no la comprara.

—¡Qué divinidad —exclamó, admirada—, ya de hombre le iba todo de lo mejor, pero así de hembra, cualquiera diría una aparición de Anfítitre, la reina de los océanos, si tuviese el pelo rubio y los ojos avellanados! Perdone, hablo como una cotorra, es que estudio la mar, me fascinaría hacer un vestido bordado en cangrejos... Ya sé, estamos en guerra y yo fantaseando con los mariscos y la moda, qué caray, la vida sigue... ¡Pero, mírese, soldado, digo *soldada*, disfrútese en el espejo! ¡Oh, cual un ave de encendido plumaje, presta a emprender vuelo, y muy lejos!

En el azogue cuajado del polvillo ambiental de los tiroteos y cañonazos, Mary Carlton pudo admirarse en indumentaria femenina, creyó distinguir como una llamarada de fuego a sus espaldas, así adornada con ese color que se le antojaba excesivamente escandaloso, y contrariada quiso deshacerse de la prenda que le encendía las mejillas de vergüenza.

—No me gusto como hembra —opinó, esquivando el azogue.

—No tiene usted que gustarse, déjele ese problema a ellos. Es ya bastante con que sea mujer. Lleve el vestido, es un regalo, para que luego no digan que somos avarientos, que para ruines los franceses... —La mujer la besó cariñosa en ambas mejillas.

Guardó el ajuar en el mismo envoltorio de donde lo sacó, añadió una tiara también adornada con perlas malayas y un zafiro de Ceilán, aclarando que en este caso se la vendía a precio módico de tiempos de guerra, y unos zapatos a juego, calados y muy delicados, no como para bailar un minué en una trinchera.

—Y la invito a beber un chocolate caliente, meriende un poco de pan recién horneado, de sémola, untado en mantequilla y confitura de fresas salvajes, la hizo mi suegra. Tiene usted cara de no haber probado bocado.

Mary aceptó de buena gana, se sentía fatigada y hambrienta, y aún le quedaba por recorrer un buen tramo de camino de vuelta hacia el terreno donde se hallaba acampada la escuadra. Edwige Ilse, ése era el nombre de la comerciante, tomó el trozo descomunal de pan, lo recostó contra su regazo y cortó una tajada dirigiendo el cuchillo de afuera hacia su vientre, a riesgo de herirse.

—Mi marido murió en la guerra; los niños no quedaron bien, muy afectados. Tengo tres, los he llevado a casa de mi tía, a ver si aprenden a leer. Esa tía ha sido mi salvación... Gracias a ella conservo la boutique. Mi suegra también quedó muy mala de la cabeza.

Charlaron largo rato, el tiempo de recuperar fuerzas, y de jurar la promesa de volver a verse; en la boda quizás. Edwige Ilse extendió la mano y recibió el pago, entonces tiró de la muchacha y se fundieron en un abrazo, lloraron sin saber por qué. O sí lo sabían, la guerra era cada vez más cruel, y se perpetuaba demasiado. Mary Carlton por primera vez se abochornó de ser combatiente. Montó en su caballo, levantó la mano enguantada y dijo un adiós tan triste que tal parecía no querer partir; el caballo tardó en emprender el galope, espoleó el vientre de la bestia, y envuelta en una polvareda desapareció en el plateado espesor de un fin de mediodía, pues serían las cuatro y media de la tarde, y ya se anunciaba la noche. Mary Carlton anheló el sol, la claridad sensual de un jardín en paz.

Apenas distinguió los fanales encendidos del campamento cuando presintió el peligro, rodeada por una escaramuza; en efecto, un tropel de unos cuarenta soldados españoles la perseguía, y ella sin intención los había conducido a donde pernoctaban sus camaradas. Mary Carlton aguijoneó al caballo y ganó la delantera, lo cual sirvió sólo para avisar con muy corto tiempo de avanzada que serían atacados. La carnicería se ensañó contra los suyos. En medio de la batalla buscaba desesperada a su futuro marido. Entre estocadas y crujir de cráneos y huesos, pudo oír la voz de Flemind Van der Helst, más vivo y fiero que nunca, agrediendo y defendiéndose a capa y espada, pero con el rictus del terror ensombreciéndole el semblante. Picó justo el tiempo para que ambos se dedicaran una sonrisa y continuaran asestando golpes brutales al bando en ventaja.

Se rumoreaba que el final de la guerra no andaba distante, pero los soldados no lo veían venir por esquina alguna. Al contrario, a partir de aquella trampa que tuvo como origen los atavíos de boda de uno de los soldados, las batallas arreciaron. Entre una y otra, Carlton ostentó el instante justo de asearse, peinarse con un moño elevado, enfilar el atuendo propio del acto y casarse presurosamente con Flemind Van der Helst. Los unió el almirante McLe Bris y un prisionero de guerra, un cura español que trastabillaba de la soberbia curda que tenía. Ése fue el toque cómico de la ceremonia, el cura, que no se le entendía ni puto carajo de lo que recitaba, más cercano a una gallina cacareando sacrilegios que a un religioso entonando latinazgos. Lucían enamorados hasta la cocorotina, escoltados por las damas de honor, sencillamente cuatro cadetes que decidieron disfrazarse de chicas para no desentonar con la novia. La belleza entre ingenua y tosca de Mary Carlton deslumbró a todos, nadie le echó en cara la torpeza de sus gestos con el manejo de la falda, pues entre tanta testosterona revuelta, incluso una escuálida ración de progesterona representaba una bendición celestial.

Ese invierno no sólo abundaron los combates; también la lluvia hizo de las suyas, y las enfermedades, y las muertes causadas por ellas. Carlton y Van der Helst cumplían con su deber, pero el deseo de llevar una vida tranquila de pareja les roía muy hondo y, amohinados, discutían más que hartos, deprimidos, del sentimiento que compartían con las desmoralizadas tropas, privados del sol y de la tan ambicionada tregua. Como es de suponer, los ratos de dicha escaseaban, entonces Carlton y Van der Helst, apartados, metamorfoseaban su mundo de ilusiones en caricias. Templaban amorosos, y estrenados en el ardor inocente de la primera etapa del deseo, de algún modo lograban olvidar.

Para Mary Carlton el descubrimiento de la sensualidad designó su mayor revelación, abrió la guardia, y devino adicta de todo aquello que podía prestidigitar jugando con el miembro de su marido, pues mientras hacía el amor se manifestaba en poderoso espíritu la clarividencia milagrosa de la inmaculada santa Bárbara y entonces adivinaba sucesos. Encantada y en trance, empujaba a Flemind Van der Helst, lanzándole a un hierbazal, canturreaba desabrochando la chaqueta, lamía las tetillas, el pecho, mordisqueaba el musculoso vientre hasta la pelvis, amasaba con las dos manos el tolete enhiesto y aplicaba el besuqueo y chupetadas en los testículos, pasando por el canal de la próstata hasta el ano y ahí se detenía serpenteante, lo cual dejaba literalmente al campo a Flemind Van der Helst, noqueado, y en las venas latían sombras chinescas como fuegos artificiales.

En iguales ventajas sobre el terreno, por su lado, su amoroso adversario no perdía ni a las escupidas en el campeonato, y mucho menos a los salivazos apasionados a la vulva, lo cual suscitaba que se anotara puntos en el match, hasta que declaraban el empate, en el minuto clave en que les acontecía el delirio supremo, el repentino toque a rebato. Y entonces ella gritaba, sibilina, que el capitán Berprym sería tocado en el pulmón por un mosquetazo, y no cabía duda, por más que intentaban conjurar el mal percance, del modo tal y exacto que ella predestinaba acaecía cabalmente la fatalidad. O, por el contrario, de esta manera profetizó el hecho histórico que devolvió la esperanza a los soldados de cualquier escuadrón y batallón, aliado o enemigo, mientras la esperma borbotaba en sus entrañas, anunció que la guerra culminaría en breve. Y la profecía aconteció.

Sin embargo, la predicción no tuvo utilidad alguna, nada imposibilitó la masacre, ni una sola frase salida de sus labios, ni una sola imagen abolió la destrucción. Montañas de cadáveres debajo de un lodo ceniciento, rostros pisoteados por los cascos de los caballos o por las pesadas botas, mondongueras desparramadas y bullentes revueltas con la metralla, espadas perdidas en cuerpos anónimos, ojos vidriosos clavados en el encapotado cielo. Mary Carlton sabía una cosa, que ni ella ni Flemind Van der Helst morirían en combate. Avizoró un futuro unidos y felices, luego la tragedia, y como último mucha agua, tanta, que se asemejaba a la mar. Pero no deseó arremolinarse en malos pensamientos, y siguió adelante, amando e intentando vivir lo mejor que pudiesen en su condición actual de esposa.

Firmada la paz, la mayoría de los guerreros experimentaron una mezcla de melancolía incómoda con deseos inmensos de reconstruir sus vidas. Flemind y Mary decidieron quedarse en Breda, trabajaron unos meses en el campo, recibieron dos pagas: la del ejército y la de las labores agrícolas. A ambas cantidades sumaron los regalos de sus camaradas el día de la boda, y en mínimo tiempo rentaron una posada cercana al castillo de Breda, la cual nombraron Three Horse-Shoes, o lo que es lo mismo, Las Tres Herraduras.

Como la celebridad de los valientes soldados era muy conocida, sobre todo debido a su fabulosa historia de amor, de día como de noche la posada se llenaba de parroquianos dispuestos a alabar y a degustar la sazón de ambos, pues tanto Mary como su marido habían perfeccionado innumerables oficios durante la guerra, y los dos poseían una excelente imaginación y preponderante mano para el arte culinario, remembranza de Mary Carlton cuando había trabajado para uno de sus posibles padres, el patrón de Las Bacanales.

Con el advenimiento del sosiego, no todo fue sacar agua del pozo, mucho menos reírse de los peces de colores. Otras dificultades sobrevinieron.

—Ah, señora Van der Helst, la guerra ha sido lo peor, mientras hubo guerra, los que tuvimos la suerte de sobrevivir lo hacíamos enarbolando el entusiasmo del patriotismo, y soñar con el futuro nos daba otra perspectiva. La posguerra nos da alegrías momentáneas, yo diría como prestadas, pero la memoria está ahí, martillándonos con el recuerdo de los seres queridos asesinados... No me queda otra, hay que seguir viviendo, sé que debo luchar por sacar adelante a mis dos hijos —así se expresó Edwige Ilse, la tendera que había regalado el vestido de boda a Mary, bebiendo de un trago el resto del coñac del vaso.

A su pequeño le había hecho trizas un cañonazo mientras jugaba en la exigua vereda colateral al jardín de la casa. A la guerra había entregado dos amores, su marido y un hijo. El dolor la embargaba y halló consuelo en la bebida. Visitaba asiduamente Las Tres Herraduras, y se hizo muy amiga de Mary, quien le daba ánimos para que no cerrara la boutique y pudiera dar un esperanzador porvenir a los pequeños sobrevivientes.

Después de la tormenta y de un cierto respiro en calma, se incrementaron las epidemias. No se supo qué arrasó con mayor encono, aumentando la espantosa cantidad de víctimas, si la guerra o sus impronunciables secuelas, entre las enfermedades que ya persistían amenazando con instalarse definitivamente, o que se anunciaban. Fatales herencias endilgadas por las tropas a la población. Mary fue testigo del instante en que Flemind Van der Helst contrajo la contaminación; de súbito la embargó un extraño presentimiento, y aunque proponiéndoselo, no pudo reaccionar lo necesariamente veloz para retardar el fatal segundo. Ella se hallaba de espaldas, sirviendo una escudilla de sopa de pescado a un cliente, y al voltearse hacia la mesa donde se hallaba el esposo jugando a los dados con un asiduo del lugar, advirtió la mano purulenta posarse encima del brazo sano del ex oficial.

—¡No lo toque! —exclamó, alarmada.

El hombre, avergonzado, retiró con prontitud la mano. Más pena y lástima sintió ella, y maldijo haberse comportado como una cretina.

—Perdone, señor Smith, es que... me ha parecido... que está usted enfermo.

—No lo estoy, son quemaduras de pólvora, no es nada... No se asuste usted, señora Van der Helst —el señor Smith titubeó, la voz temblorosa.

A la semana siguiente, Flemind Van der Helst despertó sumamente cansado, la tez reseca y mate, tirando a un feo tinte verdoso, y la saliva pastosa. Vomitó en la palanganilla de porcelana, y su vómito apestaba de modo espantoso, a perro muerto y podrido. Sin embargo, los demás días su comportamiento fue normal, aunque por si acaso Mary no cesaba de vigilar el menor de sus ademanes. O por el contrario a veces dejaba de hacerlo, cambiando supersticiosa de sitio la mirada, pues la invadía la duda de que si agolpaba durante tanto tiempo seguido la imagen del marido en sus retinas, terminaría haciéndole mal de ojo, atraería la mala suerte. Para colmo, poco a poco le abandonó el vigor de las conjeturas, arruinando la potencia de presagiar; Flemind no sólo había perdido el apetito por los alimentos, también por ella. Ni siquiera hacían el amor, lo cual estorbaba el frenesí y la eficacia de su don visionario, y debilitaba en ella el afán cabalístico.

Una noche, mientras recogían y ponían en orden la posada, Flemind Van der Helst cayó tieso al suelo, espumando por las comisuras de los labios, los dientes le rechinaban, y se contraía en agónica epilepsia. Con ayuda de un huésped, Mary logró cargarlo y subirlo a la habitación. La carne ardía de fiebres. Flemind se sembró en la cama cual amapola de campo colombiano. Mary no se separó de su lado ni un segundo, aplicándole sinapismos, cataplasmas, malolientes ungüentos; de poco valieron los remedios, las dolorosas y torturantes sanguijuelas para evacuar la sangre mala, o las punciones con agujas enchumbadas en cobalto fundido alrededor del hígado, y en diferentes partes del cuerpo. A tal extremo el sufrimiento devino denigrante, que Mary suplicó al doctor que cesaran las curaciones, pues si no lo mataba la enfermedad serían los experimentos los que acabarían con él.

Para allegados y vecinos, Flemind Van der Helst falleció en plena madrugada, víctima de fiebres cuyos orígenes quedaron sin diagnosticar por el médico que le atendía. La verdad fue otra, testigo y de cierto modo víctima también ella de tan horrendo sufrimiento, Mary decidió recuperar las riendas de la tragedia, reunió yerbas, metales, lagartos y jicoteas, coció un veneno guiándose por antiguos libros de alquimia —préstamo del cartero— encuadernados en tapas de cuero, y de magia negra, sin cubierta (por miedo a las secuelas de la Inquisición), y obligó al enfermo a beber la poción a pequeños y espaciados sorbos que incluso la rígida boca rechazaba. Las lágrimas de la esposa goteaban en la piel de Flemind y se evaporaban dejando huellas claras de la angustia que la invadía, mientras repetía: «No te mueras, no me dejes, amor de mi vida, no te me mueras...» Mary Carlton Van der Helst puso punto final de una vez y por todas a la lenta y estúpida agonía de la muerte. Aspiró hondo, aguantó el aire y anuló el ritmo de sus pulmones al percibir que su amado dejaba de respirar para siempre; luego besó suavemente la frente. Abrazada a él repitió infinidad de veces más: «Te quiero, te quiero, oh, mi amor, te quiero...» Al exhalar el último suspiro, Flemind Van der Helst recobró juventud, y gozó de la frescura de un escolar reposado.

Detrás de la puerta, en una de las gastadas botas de su marido, una rata inmensa y muy gorda asomó el hocico fisgón. Paralizada, imaginó que penetraba en el túnel del ojillo del animal; despacio caminó hacia el entresuelo, abrió el armario, empuñó el fusil, retornó cautelosa, apuntó, disparó y la reventó en mil trozos.

Abrió las ventanas. El vaho glacial secó sus fosas nasales. Envolvió el cuerpo en una manta y, valiéndose de ella, pudo arrastrar a su marido hasta el patio, regó arbustos secos encima del uniforme con que le engalanó para emprender el viaje hacia lo desconocido, encendió una yesca e incineró el cadáver.

Esperó durante varios días, nadie llegó a pedir de cenar, ni siquiera a beber un trago, o muchos tragos, emborracharse y compartir penas. El último inquilino se había marchado antes del deceso de su esposo sin pagar la deuda de tres meses, el muy aprovechador, y para colmo, depravado, pues le molaba rascabuchar. La firma del tratado de paz de Ryswick alejó a las guarniciones y mermó la clientela, formada en su inmensa mayoría por oficiales. No lo pensó dos veces, cerró la posada Las Tres Herraduras, desempolvó y enfundó vestimentas masculinas; no le pertenecían, las robó o las guardó como parte del alquiler, más bien como recompensa: un uniforme sacado de la valija olvidada por el huésped cuyo alquiler jamás sería retribuido.

Bajo recio aguacero cruzó el sendero y, tocando en las puertas, se despidió de una a una de sus amistades. Estrechó fuertemente entre sus brazos a Edwige Ilse, luego de devolverle el vestido rojo bordado en canutillos de oro y perlas de La Malasia, también la tiara del zafiro de Ceilán.

—Parto a la mar, me haré marinero. Siento que nos hayamos conocido en plena tragedia, pero sin tu apoyo habría sido peor para mí. Habrá guerra, seguro, siempre habrá una guerra perdida por ahí, por cualquier sitio, es la desgracia humana; no es más que la triste y desoladora realidad.

Edwige Ilse encogió sus hombros en señal de impotencia, y lloró hipando como suelen hacer los niños cuando han sollozado después de las comidas, el llanto surcó sus cachetes picados de una sospechosa alergia recién adquirida de la noche a la mañana.

Mary Carlton, viuda del ex oficial Flemind Van der Helst, dirigió sus amplios pasos al puerto y después de merodear un rato, de informarse más bien superficialmente, embarcó en un buque de infantería de la Royal Navy, bajo el nombre de Mary Read. *Read*, leer; *read*, rezar. Contar sabía, aprendió a juntar rayitas, o palitos, y a sumar y a restar, no mucho más. ¿Leer, podía leer, o inventaba las palabras? Deletreaba dudosa, titubeante; un puñado mínimo de palabras; no, no era lo que se dice una aficionada a la lectura. Tampoco debía inquietarse, pues su casi analfabetismo no le obstaculizó desenvolverse diligente en la ruda carrera del ejército. *Read*, murmuró. Supuso que sonaría algo así como a nombre de fogoso filibustero, o cultivado corsario.

Estiró la mano, la colocó encima de las cejas, a modo de visera, y distinguió una bandada de gaviotas revoloteando escandalosas persiguiendo a un tropel de delfines. Le habría entusiasmado ser delfín, un animal cautivante, deliró. Aunque consideró que el delfín, como los humanos, también se hallaba demasiado expuesto a la maldad; el nudo rabioso apretó su garganta. Prefería volar a nadar, sí, volar bien lejos, surcar el cielo, persiguiendo los llameantes rayos del gran sol, tumbarse en una playa, abrasada por el fuego de la distancia.

—¡Corneta a degüello! —siempre soñaba con este grito temerario.

Padecía de horrendas pesadillas. El lodo la cegaba, de entre sus manos intentaba huir una rata gorda y gelatinosa, colándosele por la boca, recorriéndola, transformándose en feto en un útero apergaminado; olía a pólvora por todas partes, y su fláccido cuerpo agonizaba apresado por una montaña de cadáveres de mártires ingleses.

V

―

... En nuestro siglo XVIII el hogar era
todavía considerado como el sitio ideal
para la mujer y resultaba demasiado
escandaloso el hecho de que los viaje-
ros del mar estuviesen expuestos a morir decapitados a manos de una mujer.

PHILIP GOSSE

Agua salada revitalizando sus energías, las piernas chapoteando dentro del enigma del peligro; se preguntaba
en qué dimensión de realismo haría el viaje una gota de
agua del océano a las nubes, para caer en lluvia y convertirse en playas, ríos, mares. Contempló absorta el agua
circulando entre sus dedos, en un viaje eterno de ella al
mundo, la luz reflejaba un verdor azuloso en el juego de
las aguas, de un momento a otro podría atacar un tiburón y arrancarle de cuajo el muslo. Pero para ella lo
único agradable consistía en tentar al peligro, zaherir al
miedo. Al menos una vez por semana aprovechaba el
descuido del atalaya y de los vigías, y astuciosa desamarra-
ba y descendía la chalupa, la tiraba al océano. Remaba
muy pegado a la embarcación, de ese modo dificultaba
que la descubriesen, se zambullía en sumo silencio y nadaba libre, cara a cara con los peces, desafiando a los
monstruos marinos; y, por supuesto, sin consentimiento
del capitán Rackham.

Tibia, no existía mar más cálida que la mar Caribe, daba la impresión de estar sumergida en un descomunal tazón de caldo; a las doce del mediodía, el sol achicharraba el cráneo, el salitre adherido desprendía fabulosos fulgores de sus hombros tostados. Hacía más de un año que Ann Bonny habitaba el barco junto a Calico Jack; travestida en ayudante del capitán, compartía deberes con Hyacinthe, la verdadera mano derecha del pirata. Si Hyacinthe albergaba sospechas acerca de su identidad, fingía magistralmente no poseer el menor conocimiento; jamás hubo un gesto grosero, y mucho menos una palabra cómplice, ni un guiño delator. El reglamento prohibía mantener mujeres a bordo, y en caso de que así fuera, a Hyacinthe bien que le podrían torturar, cortarle las orejas y la nariz, sacarle los ojos delante de Ann desnuda, que jamás reconocería que se trataba de una fémina, menos de la amante de su capitán; tal era la fidelidad que el malgache de ojos ensoñadores y encrespada barba puntiaguda guardaba a Calico Jack.

—¿Dónde andabas? Llevo horas reclamando tu presencia, nadie sabía de tu paradero —inquirió celoso Calico Jack

Se hallaban en la cabina privada del capitán, decorada en terciopelo, aunque morado, el camarote de Ann lucía en rojo, y discordantes meridianas Luis XIV con refinados muebles ingleses de Isabel I y Carlos II constituían el mobiliario.

—Visitaba los alrededores... —comentó, irónica.

—¿Has engordado o son ideas mías...? Advierto tu pelo húmedo —examinó, atento.

—Una ola salpicó, y yo paseaba cerca... No he engordado, es la chaqueta, demasiado grande...

—Mientes, déjame adivinar, te aburrías y decidiste darte un chapuzón... Para el almuerzo me gustaría que te pusieras aquel vestido que llevabas en la fiesta de los Belleville.

Ann disimuló, y recogió con el dedo índice el polvo de la repisa, luego continuó acariciando la colección de instrumentos astronómicos: el quintante, el sextante y el octante.

—Por fin tendremos acción, recibí un aviso de manos de un allegado del gobernador de La Tortuga. Un galeón español, de los buenos, repleto de oro hasta los mástiles procedente del Perú, ha pasado por México... y cuando terminemos con él nos ocuparemos de la balandra de John Haman... Le propondré que sea mi asociado... —rió, sarcástico—. ¡Robar y asociarse, qué idea sublime! O le enviaré un mensaje diciéndole que en cuanto termine con la balandra se la devolveremos. No habrá sido un robo, más bien un préstamo. Antes dedicaremos nuestro esfuerzo a capturar el galeón, claro está...

La mujer no supo contener la alegría y paseaba exaltada de un lado a otro, la mano apoyada en la cimitarra colgada de la cintura. Ann fenecía de nostalgia, navegar sin rumbo la sacaba de sus casillas, tanto tiempo sin ostentar el emblemático Jolly Roger, la bandera en cuyo fondo negro destacaba el cráneo de un esqueleto y debajo dos sables cruzados. Para colmo, cuando todos tenían derecho a bajar a tierra, ella estaba obligada a quedar varada, por culpa del contrato firmado entre Calico Jack y James Bonny, en el que su marido la vendió para uso exclusivo en territorio marítimo. Desde que Ann y Jack vivían juntos, sólo habían desguazado tres fragatas, cuyo frágil cargamento no pasaba de unos cuantos cajones de armamento, pues el resto se perdió en las profundidades oceánicas en el corazón de un feroz ciclón, e interceptado dos navíos. Uno de ellos llevaba seda, especias, y juegos de vajillas, azúcar, y montañas de coco, que luego consiguieron cambiar por una turba de negros enfermos, vendidos más tarde a colonos criollos en el puerto de La Habana. Los negros murieron por puñados, en el trayecto del muelle a las propiedades de sus compradores, contaminados de disentería.

—Deberemos castigar a rebencazo limpio a Nemesio y a Butler, se han fajado a puñetazos, y uno de ellos apuntó al otro con la pistola... En presencia de Corner, quien me lo ha dicho... Serás tú quien le aplicará la ley de Moisés. Cenaremos en tu camarote, a eso de las nueve, ¿te parece, querida?

Ella asintió, y partió rauda hacia cubierta. Allí descolgó uno de los látigos de los avíos, pidió a Hyacinthe que le alcanzara el cubo de sal gruesa, e hizo pase de lista pronunciado solamente dos nombres: Nemesio y Butler. Ambos acudieron temiendo lo que les esperaba, aunque soberbios. Ann Bonny, cuyo patronímico se había convertido en Bonn, con el propósito de engañar al resto de la tripulación relativo a su verdadera identidad, les ordenó que desnudaran sus espaldas. Rezongones y explicativos, al fin obedecieron, Bonn los azotó treinta y nueve veces, tal como pedía la ley, cuarenta latigazos menos uno, más puñados de sal frotados en la carne viva. Riachuelos de sangre corrían hasta las cinturas, espejeantes y dulceamargos, similar a los rizos de las aguas bajo las irradiaciones solares. Soportaban el dolor, orgullosos de no emitir un solo quejido, mordiendo sus labios hasta desgarrárselos en hilachas. Butler fue el primero en desmayarse. Nemesio, bayamés al fin, resistió mayor tiempo; pero igual a su compañero de peleas terminó reventado. A Bonn no le agradaba llevar a cabo este tipo de punición, pero debía cumplirla, si no sería ella quien recibiría la misma o una parecida; no porque Calico Jack deseara hacerle daño, pero en muchas ocasiones tuvo que aceptarlas sólo para que nadie reparara en que era la preferida, o mejor dicho, *el preferido* del capitán.

Culminada la tarea encomendada, Bonn se retiró a su camarote, y desnudándose se metamorfoseó en Ann, refrescó su cuerpo acariciando distintas partes con paños blancos humedecidos en agua de colonia, a la lavanda, y a la rosa. Escogió un traje de baile, no precisamente el que había llevado puesto en la fiesta de los Belleville, estrenó uno de raso color verde palmera, muy escotado, y de falda acampanada de corte nesgado, descartó el miriñaque; hacía un calor insoportable para ponerse semejante prenda. Estiró un mantel de encaje de hilo encima de la mesa ovalada, colocó la vajilla, copas fileteadas en oro y nácar. Enjoyada, esperó a que oscureciera, el propio Calico Jack transportaría la cena de su cabina a la de ella, cruzando la portezuela secreta.

Cenaron chicharrones de jabalí salvaje, bistecs de tortuga adobados con limón verde, ajos y cebollas en curtido; pepinos también en curtido, papas horneadas, y bebieron buen vino francés de la bodega de la balandra secuestrada a John Haman. Ann comió desaforadamente, Calico Jack la observaba, inquieto.

—Dijo Corner que Nemesio y Butler soportaron mal el castigo.

—Para eso es un castigo, ¡vaya malandrines! Los acribillé, los puse hechos dos Cristos, pero ni chistaron. —Ann no cesaba de masticar—. ¿Para cuándo el galeón español?

—Saqué mis cuentas según los días, las horas, las leguas, el trayecto... Exacto, lo que se dice exacto, mañana al amanecer.

—¿Temprano, o más o menos?

—Al alba, aclarando.

—Esperemos que no haya retraso, pues mañana se desatará el huracán, al atardecer.

—No digas sandeces, amor mío. Está haciendo días espléndidos, imposible que el ciclón destruya nuestros planes.

—Verás, ya lo verás. Lo presiento, aquí... —señaló su estómago.

El capitán no admitía supersticiones, pero no sería la primera vez que Ann no se equivocara en sus predicciones.

—Ojalá sea puntual. Necesitamos desplumarlos, la cosa no anda buena, y perdimos bastante en el último abordaje. De tesoro, el resultado fue mediocre, no hubo gran cosa. Para colmo, lo enterrado en la playa de Berry, ¡puf, como si se lo llevara el diablo!

—Fue robado. Ladrón que roba ladrón...

—... tiene cien años de perdón —replicó ella, burlona.

Terminaron de cenar, como postre degustaron coquito rallado a la habanera y requesón; el hombre extendió los brazos reclamando a su pareja. Ella se levantó y fue hacia él sin soltar la botella de ponche. Sentada a caballo en los muslos del pirata, sorbió directo de la botella y luego vació un trago dentro de la boca que rogaba un beso.

—Poseerás más oro que los reyes. Te colmaré de riquezas, así —levantó la falda y acarició desde las pantorrillas hasta los muslos y el vientre encorsetado, los senos, el cuello, las mejillas, y regresó por la misma vía, amasando el pubis—, así, de la cabeza a los pies.

Ann se mostró esquiva aunque rió, hechizada con aquellas palabras, soñaba con esa riqueza. Imaginaba que ella y su pareja regresaban a Inglaterra y compraban un castillo, encumbrados, de este modo, como gente en exceso rica, digna de admiración y respeto; ambos viajarían a sus anchas por el mundo entero, pues siendo los dueños de un cuerpo de marina compuesto por piratas y desertores, dominarían el planeta. Buques, fragatas, bergantines, balandras, brulotes, mercantes, miles y miles de chalupas. Criados, esclavos, cientos de ellos a su disposición. Confiaba en que Calico Jack pudiera satisfacer hasta la última de sus fantasías.

A la alborada, en la distancia, el barco pirata daba la impresión de un navío desierto, callado en su abandono. Los hombres camuflados en sus puestos acechaban la aparición del galeón español: discretamente colgados de los mástiles, ocultos detrás de los toldos, agazapados en los corredores de popa. En proa atisbaban. Calico Jack acompañado de Corner, Davis y Carty, el contramaestre, y dos de los mejores piratas en el manejo del hacha de abordaje. Ann, o sea, Bonn, se situó agachada junto a William Harp, el segundo timonel sustituto, pues los pilotos eran Calico Jack y Corty, y Hyacinthe en el alcázar del barco, a la cabeza de un puñado de hombres. Amaneció con la habitual iridiscencia de la claridad intensa que sustituye a una noche estrellada, sin una sola nube, el cielo más azul que de costumbre, el mar plateado hacia el lateral derecho, azul añil en el centro, verdoso hacia el lado izquierdo.

Por fin, gigantesco en la lechosa y cegadora luz de media mañana irrumpió el galeón, portando el estandarte español. Más que seguro, confiado. O al menos dando esa impresión.

—Es un galeón de los antiguos. ¡Los muy benditos! Traen remeros, lo más probable, esclavos. ¡Traen esclavos! Haz correr la voz... —informó el capitán a Corner.

—¡Eh, traen esclavos! —Davis se frotó las manos—. Navegan sospechosamente en calma.

—Es su estrategia... Nos han visto y se han preparado para el combate.

—No sé, no estoy seguro... —contradijo Calico Jack.

Carty pasó el catalejo al capitán para que se convenciera.

—Han preparado los cañones, dispararán antes que nosotros...

—Hagamos como hasta ahora. Indiferencia y perseverancia... ¡Corran la voz!

De inmediato, unos a otros desplazaron los mensajes de boca a oreja. Jack Rackham dudó de si, pese a que ellos se habían hecho invisibles para el galeón español, el enemigo podría haber descubierto que, contrariamente a la impresión que ellos querían dar de que se trataba de un barco abandonado su interior estaba cundido de piratas prestos a la lucha.

—No nos han visto, pero se disponen a tramar su ardid; de cualquier modo será dura la pelea... —murmuró Bonn, o sea, Ann.

El tiempo transcurrió más lento de lo esperado, a causa de los remos del viejo galeón; los piratas empezaban a fatigarse de guardar posturas asignadas e inmóviles. El *Santa Flora*, así se llamaba el galeón, brillaba esparciendo reflejos dorados sobre las aguas. El mascarón de proa simbolizaba a una sirena alada esculpida en madera preciosa, los senos abiertos al aire, el perfil desafiante a otra bravía y suprema belleza. La estatua mulata de cabellera encrespada al viento, nombrada La Rosa por los piratas, alada también, pero en vez de plumaje lucía yaguas de palmeras por alas, muslos desnudos, el vientre mínimamente tapado por una falda de cosidos helechos, senos erectos, la boca —decían— pronunciaba palabras que abrían las puertas de la aventura, así era el mascarón de proa del *Kingston*.

Cada vez el galeón español avanzaba más próximo del de los piratas, Jack Rackham hizo un gesto con la barbilla, fue izado el Jolly Roger, la bandera negra bordada con la calavera carcajeante y los sables cruzados. Ann Bonny, envuelta en una capa negra, los puños cerrados y listos en las armaduras, dirigió su mirada a lo alto, este hecho y el abordaje eran los momentos que más tensaban su emoción. Jack Rackham asintió con el mentón por segunda ocasión, y uno de los cañones del *Kingston* disparó en pleno centro del barco, junto a la bomba de achique, picando al lado del pañol de las balas. Los adversarios no tardaron en contestar también a cañonazo limpio, haciendo blanco en el velamen de los mástiles, traspasándolo, las balas de cañón cayeron del lado opuesto, salpicaron a babor, y fueron a varar al fondo del océano. Ann Bonny aguardaba en su puesto, para nada pasiva, haciendo gala de su magnífica puntería, disparaba trabucazos y tumbaba cristianos como gorriones, vociferando atronadora con el objetivo de animar a los compañeros de a bordo para que una vez situados a menor espacio del *Santa Flora* obedecieran al clamor del asalto.

—¡Al abordaje! —por fin voceó, atronador, Calico Jack.

Desde babor, los más fornidos lanzaron anclas de cuatro puntas, las cuales fueron a clavarse en los bordes del navío, y hasta en las espaldas de algunos desprevenidos oficiales, quienes sirvieron de carne de lanza, o de escudos; de este modo, los piratas consiguieron halar en numerosos esfuerzos el *Santa Flora* hacia ellos. Decenas de hombres saltaron impulsados por el viento de los mástiles sobre la cubierta del galeón, pendientes de gruesas sogas, sirviéndose de ellas como lianas sujetas de frondosos árboles. Los esgrimistas más certeros deslizaban tablones entre cubierta y cubierta, e incluso desde la santabárbara, para atravesarlos a pie, ágiles como panteras todos ellos, batiéndose en el abismo contra el enemigo, a riesgo de morir atrapados en el feroz oleaje; finalmente, dando múltiples volteretas, lograban caer encima del entablado. Ann Bonny, o Bonn, no necesitó soga, ni anclas siquiera, mucho menos tablones, brincó valiéndose de su envidiable ligereza, sable en mano, hacha en la izquierda, daga entre los dientes; ojos y tez rojos de ira, la camisa desabotonada, los pechos estrictamente vendados. Bonn tasajeó mejillas y muslos, cortó brazos, cercenó orejas y narices, clavó el puñal en el único ojo sano de un contrario, de un sablazo diagonal cortó la cabeza de un sargento, la cual rodó por todo el barco enredada entre el hormigueo de los pies de los contrincantes. La chica aprovechó un respiro y limpió su sable ensangrentado en el dorso de la capa, la sangre espesa goteó encima de sus pies. Dominada por el enardecimiento, percibió junto a ella, una vez más, a Jeanne de Belleville, desaforada, impía, combatiendo junto a sus malvados retoños; ambas mujeres se buscaron, enfrentándose; Bonn creyó advertir el esbozo de una sonrisa. Enfebrecida, avanzó plantándose delante del comandante del *Santa Flora*, y sin proporcionarle tiempo, hincóle la cimitarra en el corazón. Ensañada, extrajo dos tornillos enormes del bolsillo de su pantalón, y después atornilló al hombre por las orejas a un barril de vino. Mientras, por su lado, Calico Jack se batía, observó de reojo a su amante, y no pudo menos que dejar correr un escalofrío persuadido del coraje de Ann, asustado de semejante maniobra despiadada. Corner descendió a las galeras y liberó a los remeros, en su mayoría negros, aunque también había ingleses capturados en anteriores contiendas. Una vez en libertad, los esclavos se sumaron a los piratas y asesinaron vengativos a diestra y siniestra; aquellos que no alcanzaron armas, les bastaba sacar hígados con las uñas, hundir los dedos en las clavículas, estrangular, triturar testículos con los dientes, morder costillas, descabezar de cuajo, desgarrar, descuerar...

Había sido una terrorífica carnicería, un bello y digno espectáculo de los soberanos de la mar, comentó uno de los piratas.

Crujió amenazador el *Santa Flora*, partiéndose justo por el centro. Y empezó a arder cegando a ambos bandos con la creciente humareda. Muertos de miedo, los sobrevivientes del mercante español indicaron dónde se hallaba guardado el cargamento. Los piratas hicieron una fila y fueron mudando el tesoro hacia el *Kingston*.

Ann Bonny advirtió que el contramaestre Corner cargaba un caniche lanudo y gris de polvo, en realidad blanco, debajo del brazo; ambos se encogieron de hombros, y continuaron poniendo el botín a buen recaudo, y amontonando prisioneros.

Descerrajaron los cofres, y los baúles desbordaron repletos de cálices de oro, crucifijos de plata, casullas de sacerdote en damasco rojo y morado, paramentos de altares bordados en nácar, treinta mil pesos en monedas de oro, puñados de esmeraldas, enchapados con engarces de rubíes, perlas y diamantes, sedas, máscaras y tiaras, nueces, avellanas, miel, espadas de cazoleta toledana y de lazo, mosquetes y arcabuces, vajillas y cristalería. Con semejante tesoro bien podía retirarse definitivamente, pensó Jack Rackham; pero es conocido que el arte de la piratería consistía en dilapidar de inmediato las ganancias, o sencillamente enterrarlas en la isla de su predilección. Para el capitán, esa isla no podía ser otra que Cuba, donde poseía amigos y familia, a tal punto amaba la Perla de Las Antillas que orgulloso manifestaba sentirse cubano. Repartió el tesoro a partes más o menos iguales, tal como dictaba el reglamento, mintió prometiendo a los negros un futuro más decente en la isla de Pinos o en La Nouvelle Providence, sacó información a los detenidos, luego los ahorcó, y los lanzó como migajas a los tiburones.

—¿Qué diablos andas trasegando con un perro en brazos? —interrogó al contramaestre.

—Pertenecía a uno de los oficiales de la tripulación del *Santa Flora*, por cierto... —señaló al horizonte.

El *Santa Flora*, rajado por la mitad, se hundió en dos partes, apuntadas al cielo. Los hombres contemplaron dando vítores, eufóricos, demostrando por inercia una exaltación que no sentían, cansados y ansiosos de que terminara de una vez el espectáculo de la derrota, aun siendo enemiga.

—... me lo he quedado, el pobre perro, me dio lástima oírle llorar... Le llamaré *Pirata*. —Corner acarició la pelambre del arisco animal.

—Me caen bien los perros, espero que no le malcríes demasiado... ¿Has visto a Bonn?

—Vomitando por una escotilla, se portó mejor que nunca. Un león resultaría manso en comparación, pero desde que regresamos no ha parado de arrojar... Las partes del botín de ella y de Hyacinthe las he puesto a buen recaudo en tu camarote. Por cierto, Hyacinthe...

—¿Hyacinthe? ¿Qué le sucedió?

—Herido, dudo que sea grave, pero le han llevado en la golilla una tajada de muslo... Curará, aunque ha perdido sangre, Carty lo encontró tirado en el suelo, nadando en cuajarones... Además, tiene una esquirla en la costilla, habrá que operar.

El capitán se dirigió al camarote donde reposaba Hyacinthe, secó el sudor de la frente del malgache con un paño húmedo, e indagó preocupado en el rostro del médico francés.

—*Je ne suis pas inquiet, mon capitain, le pire est passé. Par contre, je dois opérer et je n'ai pas les moyens.* En Cienfuegos podrá contactar a este cirujano, monsieur Dupontel. O conducimos el enfermo a tierra, lo cual resultará riesgoso, o nada más mencionar mi nombre, apuesto a que Dupontel acudirá al *Kingston*. —Carraspeó el galeno empinándose un frasco cuya etiqueta marcaba un remedio de raíces asiáticas diluidas en miel y cuyo contenido real era el grog.

Rackham apretó la mano de su ayudante, y Hyacinthe respondió estrechando débilmente la diestra del capitán.

Halló a Ann junto a la escotilla, tiznada y cubierta de manchas de sangre, parecía que acaparaba más que disfrutar de la brisa marina, los labios cuarteados y pálidos, la vista perdida en lontananza. Calico Jack llegó hasta ella y la abrazó, delicado, besando un arañazo en el hombro de la joven, que olía a leña carbonizada.

—Nos iremos a Cuba. Allí enterraré el tesoro.

—No puedo. Sabes que, si me topo con James Bonny en tierra, tendré que volver con él.

—Mis amigos sabrán esconderte —aseguró el capitán.

—Debo enseñarte algo.

Ann empezó por quitarse la destrozada camisa, después desenvolvió su torso de la banda que aplastaba sus senos, descendió el pantalón hasta las verijas, los senos afloraron henchidos, el vientre se inflamó abundante y puntiagudo.

—Estoy grávida —rezongó.

—Te había notado más gorda —subrayó, preocupado.

—¿Qué hacer? —suspiró.

—No queda otra que el viaje a Cuba. Vivirás el tiempo que sea necesario en Cienfuegos. Allí darás a luz. Dejaremos al niño al cuidado de mis amigos. Cuando nos retiremos, volveremos a vivir junto a él —Jack Rackham despachaba el asunto con vejante prontitud para Ann.

—¿Es cierto que tienes una querida, o es tu mujer, allá en Cuba?

—Una amiga, Ann, por favor, es sólo una muy buena amiga. Tuve dos hijos con ella, pero ya no somos amantes. Además, ella está casada, los chicos pasan como hijos de su marido. Él no sospecha nada.

—Júrame que vendrás por mí. Júramelo, o te mato —empuñó la daga, altiva.

—Te lo juro, por el botín.

Ann enarcó las cejas, la punta del arma a unos centímetros de la tetilla izquierda.

—Está bien, lo juro por nuestro amor —el pirata se recompuso, mitigado.

Bajó la daga. Ella volvió a entisar el vendaje en el tórax, él le ayudó a abotonar la camisa. Besó fogoso su cuello, las orejas, los párpados, la boca.

No bien emprendieron rumbo a la isla, el cielo se encapotó preñado de nubes negras, la brisa mitigó empantanándose, bocanadas de calor disparaban su aliento bochornoso hinchando el maderamen del barco, la mar alterada dijo aquí estoy yo, atemorizando con sus bramidos siempre inesperados. El ciclón duró hasta el día siguiente a la misma hora en que comenzó. El *Kingston*, similar a un barquito de papel, se doblaba de un costado y de otro, hacia donde lo empujara el rabioso viento. En medio del tremebundo oleaje, el tupido aguacero barría con cuanto hallaba en su camino, expulsando a tongones de prisioneros y piratas al océano.

Divisaron las costas cubanas, la mar rutilaba en calma, las gaviotas revolotearon a ras del agua. Jack Rackham explicó a Ann que él la conduciría personalmente hasta la hacienda de sus amigos. Junto a sus compañeros cavarían un escondite seguro en la isla de la Eterna Juventud; allí enterrarían una parte del tesoro. Ella debería cumplir un encargo, vender los negros a buen precio, aunque estuviesen enfermos; él esperaba que se las arreglara para conseguir la mayor cantidad de plata por esos malditos ruines. Calico Jack reprendió a su mujer por usar semejante expresión humillante. A los ingleses que había salvado, les daría trabajo en el *Kingston*, si aceptaban, y los que se negaran tendrían el derecho a instalarse en Cuba, o en la isla de su elección. La mujer estuvo de acuerdo, pues los demás piratas también dieron su visto bueno a las ideas del capitán.

El *Kingston* echó áncora, fondeando detrás de un acantilado desgajado de la sierra de Siguanea, encepando antes de cruzar la bahía. La entrada de la bahía de Jagua engañaba por su estrechez, abrigada y virginal, sin embargo, de inmediato se ampliaba, y en ella desaguaban los caudalosos ríos Caunao y Damují. Calico Jack desechó el plan de Corner de internarse en la isla directamente por la vía normal, es decir, por su espléndido zurrón hospitalario. Bonn pidió inspeccionar a los negros; en efecto, no eran de la mejor calidad, pero aseguró que con sus artimañas pediría y obtendría muy por encima de lo que en realidad costaban. Antes de finalizar la revisión, pasó revista de los prisioneros ingleses y se detuvo delante de uno de ellos: la melena suelta, las pupilas cansadas reflejaban un hermoso halo dorado. Bonn averiguó su nombre con tono suavizado aunque firme.

—Read, mi nombre es Read. Pertenecí a la infantería de la marina inglesa hasta que el enemigo me echó garra.

Bonn agradeció la información con un sencillo gesto afirmativo de la cabeza.

—Nos veremos a mi vuelta, si es que decide formar parte de nosotros, ¿Read, el pirata? —sonrió, socarrona.

Esta vez fue Read quien asintió bajando los párpados y posando su mirada en las piernas demasiado separadas de quien le invitaba a sumarse a la banda.

—Bonn es mi nombre.

Unieron sus manos en un torpe apretón.

Davis llamó la atención a Bonn, debía apurarse, pues si los cogía la madrugada, los guardias costeros estarían más atentos, ya que en la noche solían emborracharse. El capitán decidió en el último minuto que Hyacinthe reposara en el barco, pues si bien habían dudado sobre su traslado a tierra para ser operado por el eminente cirujano, prefirieron llevar a bordo al médico para que hiciera lo necesario sin correr el riesgo de batuquear el cuerpo del herido. Bajaron tres chalupas, desplazaron una parte del botín y a los esclavos en las embarcaciones, resolvieron dejar el navío bajo las órdenes de Carty la mayoría de la tripulación. El resto, una decena de piratas sin contar a los negros, alrededor de treinta, desembarcó al anochecer en una playa idílica, no exenta de cosquilleantes jubos de Santa María, serpientes de mortal veneno, cocodrilos y tortugas del tamaño de una mesa de un palacio morisco.

Los piratas se encaminaron sin preámbulos a las tabernas y garitos, adictos al gasto, expertos en dilapidar la fortuna adquirida en el pillaje, el botín les quemaba las manos. Jack Rackham, acompañado de Bonn y seguido por los esclavos fuertemente amarrados entre ellos, desapareció por la espesura desordenada y apabullante de la manigua, y después de caminar durante hora y media, atacados por nubarrones de mosquitos sedientos de sangre, fueron a parar a un valle espacioso; al fondo se erigía una exuberante hacienda construida en piedra caliza y coral, y madera preciosa. En terrenos aledaños a la residencia se situaban las modestas viviendas del capataz, criados y palafreneros; más lejos, los establos y pajonales destinados a las bestias, caballos, vacas, bueyes, mulos; detrás y a considerable distancia, los esclavos sobrevivían en hacinados barracones compartiendo cama con las aves de corral. Jack Rackham pidió a Bonn que hablara cuidadosamente con los negros con el fin de convencerlos de dilatar la espera por un día o dos, trepados a los árboles, embadurnados de manteca de corojo; esto dificultaría que el agudo olfato de los perros salvajes los descubriera. De cualquier manera, y para mayor seguridad, él sobornaría al capataz y a sus secuaces, comprometiéndolos a que encubriesen la mercancía humana hasta que Bonn pudiese venderla.

El pirata tocó siete aldabonazos y silbó una melodía. Rackham sonrió satisfecho a Bonn al oír pasos apresurados, voces susurrantes; por el filo del dintel percibieron, además, la luz de un potente candelabro.

El criado estalló de alborozo.

—¡Ah, Calico Jack, bienvenida sea su merced! Pónganse cómodos, avisaré al señor de que ha venido usted acompañado de...

—De Bonn, por el momento —palmeó afectuoso la espalda del sirviente.

No tuvo el criado que ir en busca de su patrón; el señor hizo su aparición. Contaba la treintena avanzada, alto, apuesto, ojos color café claro, pelo negro azabache, piel mate; engalanado, como proveniente de uno de los prestigiosos salones cienfuegueros. Abrazó a su amigo,

Calico Jack. El criado se esfumó raudo en la penumbra de una escalerilla. El dueño no esperó la presentación, se apoderó de la mano de Bonn, en lugar de estrecharla, exageró la reverencia y el besamanos.

—Ah, admirado y apreciado Diego Grillo, ¿cómo supiste tan pronto? —indagó el pirata.

—Sin duda porque es una mujer muy hermosa a la que le van extremadamente fenomenales los hábitos de la filibustería.

Ann no pudo contener la sonrisa, sintiéndose adulada. El capitán apuró las presentaciones.

—Diego Grillo...

—¿El corsario? —inquirió Ann, perpleja.

—El mismo que viste y calza, señora mía —respondió el otro con un saboreado deje libertino.

—Descendiente de Diego Plácido Vásquez de Hinestrosa, el más célebre de los corsarios de esta isla, y como ves, miembros todos de la casi aristocracia cubana. Uno de mis mejores y más fieles amigos —señaló Calico Jack.

—Lo propio —devolvió Diego Grillo—. ¿En qué andamos, Calico Jack, mi querido hermano? Supongo que James Bonny no estará al corriente de que su seductora esposa deambula por la campiña villaclareña. Disculpe, señora, para mí no es un secreto, o al menos ha sido el secreto que con mayor pasión he guardado.

—Hemos venido porque ella... ¿cómo explicarlo?

—Voy a tener un hijo —expresó Ann sin tapujos.

Diego Grillo soltó la carcajada.

—Así me gusta, Ann. Entremos en confianza.

—Tendrá un hijo, mío —subrayó el pirata.

—Hombre, por supuesto, Calico Jack. Nadie lo dudaría.

—Necesito un favor —la voz del pirata resonó más potente.

—Todos los que quieras. He comprendido. Ella quedará bajo mi resguardo, ¿es eso? Como sabes, Vidapura es una comadre cuyos dones divinos son incuestionables. Y Lourdes Inés se ocupará, sin duda con gusto, de la madre y del niño.

—Precisamente, Diego. No regresaremos al barco con la criatura, allí no podríamos... —Jack Rackham vaciló, emocionado.

—No quiero al niño, o niña, o lo que sea. No quiero eso —espetó Ann.

—Todavía no puedes saberlo, amor mío, no decidas sin reflexionar antes... —Jack Rackham disimuló, pero despreció la torpe respuesta de su mujer.

—No lo quiero por ahora, no sé el día de mañana... —Ann zanjó, aunque sembrando dudosa la esperanza.

—Mi prima, Lourdes Inés, se ocupará del parto, del bebé, y del más mínimo detalle. Ella es una adicta a esos tejemanejes. Claro, no haré nada hasta que ustedes se pongan de acuerdo. Pero podrán instalarse el tiempo que deseen. —Diego Grillo sirvió vino tinto en copas de aljez y brindó con los piratas—. Por la nueva aventura que el destino y Dios nos ponen por delante. Y por la bella y valiente Ann Bonny.

El corsario aristócrata condujo a sus huéspedes a uno de los aposentos más lujosos y los dejó descansar, invitándolos a reunirse al día siguiente a la hora del almuerzo, pues él no se encontraría disponible para el desayuno, y además suponía que a causa de la fatiga la pareja preferiría disfrutar a solas de la colación matinal, cómodamente instalados en la mullida cama. Así sucedió, en la mañana, el mismo criado que los había recibido les llevó una suculenta bandeja de jugos de naranja y mandarina, jamones, requesón, huevos escalfados y rellenos de camarones, pan de manteca, leche espesa y bacalao salado.

—¿Quién es Lourdes Inés, además de ser la prima de Diego Grillo? —preguntó, suspicaz, a sabiendas.

—No te equivocas en tus presunciones. Es, como te dije, la madre de mis hijos. Y una gran amiga. Diego conoce el secreto entre su prima y yo. Sospecho que ésa es la razón por la cual nos ha propuesto que sea ella quien se encargue del niño y de ti.

Ann observó a través de la ventana los sembradíos verdes, suspiró resignada.

—Sí, no queda otra; es lo ideal, por supuesto. De cualquier modo, el niño crecerá mejor aquí que en el barco, rodeado de rapaces. Y tendrá la suerte de criarse al lado de sus medio hermanos. —Masticó el hollejo de una mandarina—. ¿Cómo hago con los negros?

—Esta misma mañana hablaré con el capataz. —El pirata untó un trozo de pan con requesón, depositó una trancha de jamón y lo encajó entre los dientes de su mujer.

Durante el almuerzo, Jack y Diego aprovecharon para comentar acerca de los negocios, y de proyectos venideros, entre los que salió a relucir que el pirata se instalara algún día definitivamente en la isla. Diego recalcó que la gente de ahí le extrañaba, y Jack cambió precavido a temas de mayor envergadura: la venta del azúcar, la trata de negros, el cada vez más efímero destino de la piratería. Estuvieron de acuerdo en que la cosa se complicaba, de peor en peor, lo cual significaba que la mínima decisión sobre cualquier plan o eventualidad comercial constituía un peligroso desequilibrio. Jack insistió en que en un futuro no muy lejano se haría perdonar y devendría un ciudadano común.

—No tan común —indicó Diego.

Ann, callada, devoraba los bocados con excesivo apetito.

—Me ha informado Armando Botija, el capataz, de que esta mañana propusiste un plan a mis hombres. Dinero, negros. ¿Por qué no hablaste antes conmigo?

—No deseaba comprometerte, no irás a comprar esclavos inservibles, sólo para apoyar la causa.

—¿Qué causa ni qué causa, por Dios? Allá los tontos que sueñan con la independencia y esas boberías de la libertad; mi idea de la libertad es la que da el dinero. Mi única causa es la de la riqueza. Puedo entender las angustias de los pobres, amigo mío, pero cada día entiendo menos a los ricos acomplejados de serlo.

—Comparto tu pensamiento. No confío en otra causa que no sea la visión de la abundancia, no veo ningún delito en ser ambicioso —aclaró tajante su amigo.

—Perdona, con mis reflexiones confundo las tuyas, es que en esta isla hay los que se llenan la boca hablando cáscaras de plátano, y hasta se atreven a predecir banalidades tales como el heroísmo y el sacrificio, y en ese sueño imbécil este pueblo perderá el sentido de la prosperidad y su luz se apagará, vivirá siglos de odio. Terminarán esclavizados todos por igual. No son capaces de avizorar el horror, en lugar de ser menos mezquinos con las víctimas, abusan más y más, y más, sin piedad... En fin, tienes razón, lo más sensato es que sea Ann, y no Armando Botija, quien conduzca a los negros. Conozco a un comprador de los que convienen, propensos a hacer el pan de ambos. El clásico tonto de la charada. —Y resumió los pormenores para llevar a cabalidad la operación.

El corsario impartió instrucciones para que los negros durmiesen esa noche en los barracones, junto a sus esclavos, siempre que comprobaran que no padecían de ninguna epidemia mortal. En caso de que así fuera, lo más coherente, según él, sería entregarlos de cena a los perros salvajes.

—No es justo —refutó Ann con un respingo.

Ambos hombres se interrogaron con la mirada, asombrados del súbito y raro acto de humanismo.

—No lo admitiré. Por encima de mi cadáver.

Ann apretó el hombro de su marido, argumentando que se retiraba a dormir una siesta, se le notaba acongojada, sombría. Irrumpió el atardecer, la mar añil fue absorbiendo al inmenso sol rojizo.

Después de la cena, Jack Rackham partió hacia la ciudad, en búsqueda del cirujano que intervendría quirúrgicamente a Hyacinthe; una vez hallado y convencido, marcharon al encuentro de los demás piratas. Los sorprendió hechos polvo debido a la resaca de tres días y dos noches de continuo jolgorio; el grupo retornó al galeón.

El aristócrata tocó con los nudillos, pidió permiso y aún no había obtenido la autorización cuando cruzó el umbral, se sentó en el borde del lecho de Ann y le lanzó una bolsa de cuero cuyo contenido la muchacha pudo fácilmente adivinar: monedas de oro, monedas de plata, monedas de bronce.

—El pago por los negros. —Marcó una pausa—. Sí, el tonto de la charada soy yo. Nadie te obliga a que se lo cuentes a Calico Jack. De todos modos, en cuanto Vidapura cure a los pobres infelices, podré venderlos. Lourdes Inés se mudará acá, mañana mismo, durante el tiempo que tú te quedes. Vendrán sus hijos también, dos niños adorables, como supondrás, los vivos retratos de su padre... El esposo... pues el esposo, como siempre, dependerá de sus ocupaciones, nos honrará menos con su presencia, mucho menos —sentenció, irónico—. Es un viejo señor, muy rico, y afable: el marqués Danilo Manso de Abajo. Sí, el apellido resulta cómico. Peor es el del conde Miguel Acosta de Arriba, cuyo título nobiliario pocos ignoran del vergonzoso modo en que fue adquirido, perdón, heredado.

Hizo un guiño malicioso, atusó la punta de su bigote. Ann sintió que la recorría un friecillo bienhechor, empezaba a agradarle su anfitrión; metió la bolsa debajo de la mullida colchoneta, gesto que hizo gracia al aristócrata, y prometió que cenaría en su compañía.

Diego Grillo no acudió puntual. Dejó una excusa por escrito, llegaría con retraso a causa de unos negocios cuya discusión se alargaría. La mujer terminó de cenar anhelando entablar una conversación. Al rato, aburrida, abandonó la mesa y se acercó hacia uno de los ventanales. Achinando los ojos, distinguió del lado de los barracones un puñado de lucecitas, como penachos llameantes, eran antorchas. Alarmada, reclamó al criado.

—¡Horacio Salvador, Horacio Salvador, por favor, venga, mire allá! —El sirviente asistió presuroso, alisándose el cabello pasúo con las manos embarradas en aceite de oliva, recorrió con las pupilas el brazo descotado, la mano, el dedo que señalaba los recovecos de la noche iluminada.

—¡Los negros huyen! —perpetró una exclamación de desconsuelo.

Horacio Salvador se relajó simulando seriedad, más bien atacado de la risa.

—No se inquiete, su merced, los negros están de parranda. Pronto oiremos los bembés. Es el santo de Tomasito.

En efecto, al punto los tambores repiquetearon. El zumbido lejano de un coro de voces entre dulzonas y melancólicas reinó en un idioma en el que Ann había aprendido a desenvolverse, gracias al tráfico negrero, el bantú lucumí.

Agolona o e
Ye ilé ye lodo
Ye ilé ye lodo
Emi karabi ayé oni Awayó Yemayá o
Okuó iyale iyá ilú mao
Okuó iyale iyá ilú mao
Iyale omí yale ayaba omí o.

Permítanos estar en su camino, en su mundo, en su casa, en su reinado. Usted está presente en esta tierra y es la primera en este mundo. Hoy está presente Awoyó Yemayá. Saludamos a la madre con fervor, madre de este pueblo que presente continuará. Madre de las aguas. Madre y reina de las aguas.

Después hubo un silencio inundado de silbidos, y al rato irrumpió otro canto guarachoso, en lengua criolla:

Para curarme tu amor,
Cosa que no sé olvidar,
Me ha recetado el doctor
Que tome baños de mar...

Ann cerró de un golpe la hoja del ventanal, renunciando a escuchar la melodía. Horacio Salvador se escurrió apocado a la cocina.

... Y yo contento
Baños me di.
¡Ay, cuántas cosas
He visto allí!

Quien con elegante voz de barítono entonaba ahora las palabras de la melodía no era otro que Diego Grillo. Borracho, apestaba a aguardiente, la camisa abierta mostraba el velludo pecho, el pantalón manchado de mermelada de guayaba, el pelo revuelto, los ojos encendidos. Ann intentó retirarse a su aposento. Pero el hombre cayó de bruces encima de la mesa, y aunque titubeó antes de decidirse a socorrerlo, de cualquier manera lo hizo. Aflojó un poco más sus vestimentas, le abanicó con una servilleta, vertió agua fresca en su cara.

Una vez una muchacha,
Miré por un agujero,
Y estaba con mucha «bacha»
Con el criado primero.

El ruido arreció prolongándose, y la música se colaba atravesando las gruesas paredes. Ann corrió a la cocina y sacudió al sirviente espabilándolo de su embeleso. El hombre la siguió más acostumbrado que obediente.

Otra vez un matrimonio,
Los vi en el traje de Adán:

> *Él parecía el demonio*
> *Y ella un orangután.*

Canturreó a su vez Horacio Salvador.

—El amo no tiene nada, su merced. El amo está muy contento, y se ha dormido como un tronco.

—Claro, lo estoy viendo, no me cuente usted lo que puedo ver con mis propios ojos —señaló la joven—. Se durmió encima de las sobras del asado de puerco.

—Oh, vaya, vaya a descansar, su merced. Mañana será otro día.

El sirviente retiró la humanidad del patrón, se lo echó en hombros, lo transportó en peso hasta la bañera de porcelana montada en bronce imitación patas de león, lo dejó caer suavemente dentro y se dispuso a verter cubos de agua. Diego Grillo escupió el líquido jabonoso rociando al criado:

> *A una vieja también vi*
> *Que se le zafó la soga,*
> *Y por poquito se ahoga...*
> *Si no la sacan de allí.*

Horacio Salvador despidió a Ann con una frase cortés, pero ella se propuso terca de acompañarlos hasta el cuarto de su anfitrión. Lo cual finalmente agradeció el criado, pues pudo pedir a la mujer que tomara la delantera y le alumbrara el corredor con un candil que puso en sus manos.

En el cuarto, ante ella se reveló una especie de altar barroco. Las paredes adornadas de angelotes e iconos católicos esculpidos en formas rebuscadas y recargadas.

Una cruz inmensa coronaba el dosel de la cama, de la cruz colgaba impíamente un calzón sucio. Después de haber acostado a su señor, el criado, presuroso, cogió la prenda íntima y la envolvió debajo de su camisón. Ann iluminó los angelotes pegando el candil a sus rostros, las facciones indígenas o africanas se agolpaban en muecas farfullosas, la piel color canela o azabache estaba pintada con verdadero polvo de canela y de azabache.

—Señora mía... —se quejó ñoño Diego Grillo—, quédese un rato. Horacio Salvador, puede usted marcharse. La señora cuidará de mí.

El criado se esfumó de la habitación.

—No he venido a cuidar de nadie, al contrario. Soy yo quien debe ser mimada —refutó, enérgica.

—Ay, Ann Bonny, a partir de mañana tú serás el coquito de esta casa. Pero hoy haz algo por mí, anda, aunque sea sólo por una noche. Ay, Ann Bonny, si yo te hubiera visto antes que Calico Jack...

Atrajo la mano de la mujer encima de su pecho, al poco rato respiró hondo, y emitió resoplidos y ronquidos del tamaño del ruido aparatoso de trompetas medievales de caza.

Atipladas exclamaciones infantiles montaron en dirección de la escalera principal, más abajo rumoreaba la voz de una dama y reconoció el abejeante silabeo de Horacio Salvador. Estiró los brazos al techo y atisbó encaracolados regodeos imitando el oleaje marino, una virgen negra cargando a un santito prieto, delante un bote con tres pescadores: uno negro, el segundo indio, el tercero cuarterón saltatrás, para algunos criollazo atrasadillo.

—Es la Virgen de Regla, soy muy devoto —interrumpió Diego Grillo, afeitado y emperifollado—. Mi prima

Lourdes Inés acaba de llegar, sería bueno que no supiera que has dormido en esta cama. Aunque no haya sucedido absolutamente nada, señora mía, le recomiendo que regrese a su recinto privado. En la recámara colgué algunos trajes nuevos. Obsequios que le brindo yo a usted con profundo respeto.

—Estabas borrachísimo anoche —replicó Ann—. No creas que no me di cuenta de que andabas en juerga con los negros, y hasta los cimarrones vinieron a compartir con los esclavos del barracón, y tú con ellos.

—Por favor, ¿qué pesadilla? Conversaremos sobre el tema más tarde, ¡Agila, corre a tu cuarto! —embarajó, confianzudo.

La mujer pasó junto a él rozándole los muslos y retorciéndole los ojos, lo que divirtió al corsario. La algarabía de los niños se desvió hacia los jardines suscitando un eco fantasmagórico. En el salón de música unos dedos delicados arrancaron al clavicordio lentas notas de la ópera *Atys* de Jean-Baptiste Lully. Ann se cambió las ropas de noche por un vaporoso traje veraniego, descendió los peldaños con desgano. No soportaba la idea de aguantar cinco meses (pues, según su cuenta, el embarazo venía ya desde hacía cuatro) en absurda fanfarronería de congregación de nobles reinventados.

—¿Podemos tutearnos? —la mujer no pretendió obtener o no una respuesta— Lourdes Inés, para servirte.

Tez translúcida, azulosa de tan blanca, ojos grises, boca fina, dientes y orejas pequeños, pelo lacio y pajuzo; sumamente demacrada, delgada y frágil.

¿Qué había de atractivo o de sensual en esta mujer que pudiera seducir a Calico Jack? Escudriñó Ann con el rabillo del ojo. Nada, en apariencia. O tal vez eso mismo, lo anodino, toda esa evanescencia en su figura, la ligereza; podía agarrarle el talle cerrando sus manos alrededor.

—Ann, eres muy hermosa —la tímida mujer hacía un esfuerzo por extraerle las palabras.

—Tú igual.

—¡Hijos, les presento a la prima Ann! —La potencia del grito le asustó. Los niños continuaron jugando en el salón contiguo.

—No soy tu prima, tú lo sabes de sobra... —La pirata deseó seguir, pero las comisuras de los labios de Lourdes Inés se torcieron en un mohín de disgusto—. Bueno, está bien, llámame como se te ocurra.

La prima de Diego Grillo palmoteó mostrando alacridad puntillosa.

—Lourdes Inés, Lourdes Inés... —murmuró Ann—. ¿Cómo te llama Calico Jack en la intimidad?

La otra se atragantó con un mamoncillo que había cogido de una gran copa de cristal veneciano. Pestañeó en un tic, respondió:

—Inés, sólo Inés.

—Yo te llamaré Lunes.

—¿Y eso, por qué?

—Por Lourdes, Lu, y por Inés, nes. Además, te he conocido hoy —señaló un almanaque colgado en la estancia cuyas pinturas originales representaban los paisajes que rodeaban las propiedades de la familia—, y hoy es lunes.

—Es raro, pero es bonito, me uno y suscribo el apodo. Lunes... —interrumpió el corsario, besando a su prima en una vena cual riachuelo verdoso descendiendo del cuello hacia el seno izquierdo, el más abultado.

Lourdes Inés, o mejor dicho, Lunes, le espantó, en juego, una cachetada.

—¡Fresco, pero qué atrevido! ¿Cómo osas...?

Los días transcurrieron más rápido de lo imaginado por Ann. En tierra hacía un calor de mil demonios, era la razón por la que ella prefería la mar. En las mañanas bajaba a la playa, acompañada de Lunes y los niños, mientras ellas reposaban debajo de los pinos leyendo *La Poste Quotidienne* y revistas de modas, los chicos jugaban entretenidos en la orilla construyendo castillos de arena y algas. A mediodía, Diego Grillo las recogía en su calesa y las devolvía a la hacienda, donde almorzaban opíparamente. Ann engordaba, la panza se le empinaba más y más, redonda y pareja.

—Será una niña —secreteó Vidapura, la comadre, negra betún, de manos de oro, en el oído de Lunes después de someter a la pirata a la prueba de la tijera. Puso dos sillas, en la primera colocó una tijera abierta, en la segunda una tijera cerrada, y tapó los instrumentos de costura con dos mantillas de gruesa lana. Pidió a la embarazada que tomara asiento en una de las sillas, Ann se sentó en la primera.

Las cenas languidecían. Lunes tocaba el clavicordio. Los niños iban a acostarse una vez consumido el postre, acompañados de su aya, con quien Ann evitó todo contacto. Diego Grillo no hacía otra cosa que observarla, se acariciaba la barbilla, afinaba las puntas de su bigotillo, las pupilas perdidas en el vacío, viajando del enigma hacia su cada vez más rozagante huésped. El reloj de campana daba las diez, y Diego Grillo depositaba un beso en cada mejilla y aprovechaba para escurrirse, argumentando cualquier pretexto.

—Hoy no te irás así como así. —Ann se parapetó entre él y el portón.

Lunes se detuvo, desconcertada.

—O nos llevas al guateque de los negros, o te parto la yugular de un tajo. —La daga rasguñó la nuez de Adán.

—No puede ser, no serán bienvenidas —negó, intentando librarse.

—¿Quién dijo que no? —Lunes adelantó unos pasos situándose junto a la pirata.

—Espero que estés bromeando —indicó el hombre a la herida del cuello—, aparte de que duele, estás manchándome de sangre una camisa de seda recién estrenada... Bien, de acuerdo, les consultaré, y si aceptan, juro que vendré a buscarlas.

Ellas accedieron. Los negros dieron su consentimiento. Desde entonces, los tres cruzaban los matorrales, y arrellanados en taburetes forrados en cuero de chivo, en el barracón más espacioso, el menos sórdido y caluroso, gozaban de la sensación de lo prohibido, del olor a sudor mezclado con el jugo de la ciruela, y el albaricoque, la guayaba y el mango. Lunes contemplaba maravillada cómo, pese a su estado, Ann bailaba, pies descalzos, acompasada al ritmo sandunguero de las negras congas, restregándose con los cimarrones cuya piel repujada en cicatrices la excitaba hasta perder los sentidos, sobre todo con Tomasito, el hijo de Vidapura.

Aislado en un discreto rincón, el amo alternaba exhalando humaredas de tabaco, o chupando cachadas a un narguile de opio. Cachita, una mulata joven, acomodada junto a su amo, friccionaba los musculosos omóplatos, aunque más bien era ella quien estaba falta de masajes, pues su espalda se reclinaba ante el peso de su enorme vientre, contaría más o menos el mismo tiempo que Ann, pero engordaba de prisa el doble.

Regresaban de madrugada, ebrios hasta los tuétanos, descompuestos pero felices, canturreando y riendo procelosos de vivacidad. Inclusive Lunes aprendió a contonear la cintura, hipnotizada; bajo los efectos del humo y del alboroto de los bembés, pareció liberarse de la tristeza y de la rigidez que la embargaban.

—Me gustas. —Diego Grillo humedeció los labios con un beso caliente.

—¿Y la negra?

—¿Cachita? La quiero, pero el destino es cruel.

—Para mí existe Calico Jack, y una vez que suelte esto —oprimió su vientre—, él volverá a buscarme. Le amo.

—Ya lo sé, mujer; yo solamente te deseo, y tú también me deseas. ¿No es cierto? La vida es corta —prosiguió meloso con los runruneos.

Ann Bonny y Diego Grillo se amaron hasta el amanecer. Ann jamás le olvidó, seducida por su extraordinaria sensibilidad, el modo sutil con que acariciaba cada sitio de su impetuoso cuerpo. Apreció las canciones de cuna susurradas con la boca pegada a la barriga, los besos dulces en los párpados, en los sobacos, en las caderas, en los enjoyados dedos de los pies. Paladeó las palabras exactas, aunque efímeras, pero justo las que ella ansiaba escuchar en ese instante, el instante exclusivo de dos solitarios; ninguna promesa, ninguna declaración de la cual arrepentirse, oraciones sencillas fluyendo del arroyuelo ardoroso de sus sentimientos, frases sinceras, aunque despavoridas en su resonancia.

—Tus senos me fascinan, huelen a leche cruda. Cariño, ternura, amor mío. ¡Qué suerte la mía de poder acurrucarte entre mis brazos! ¡Qué alivio, ay, tus dedos hundiéndose en mi pelo y acariciando tan mágicos! Mi mar es tu regazo, soy tu náufrago. Cuídate, mi querida amiga, no quisiera que te hirieran, confío en tu destreza...

Vidapura, la negra partera, gruesa y bajita de manos de oro, enseñó a la criatura resbalosa embarrada en cuajarones, la sostenía por los menudos pies, berreaba hasta teñirse de color morado. Ann irguió la cabeza, pudo contemplar a su hija. Protestó diciendo que la niña chillaba y los gritos le aturdían. Lunes aseó al bebé y a la madre. Una vez en el regazo materno, la chiquita se confió rendida.

—¿Has pensado en cómo vas a bautizarla? —La mujer pasó una servilleta enchumbada en agua de lavanda por sus sienes.

—Como tú —dijo la madre.

—¿Como yo? —se extrañó la prima de Diego Grillo.

—Sí, Lunes, se llamará Lunes.

—Si así lo deseas. No es un nombre cristiano. Dentro de poco tendrán que separarse. ¿La amamantarás? —averiguó su amiga.

—Por un tiempo solamente, hasta que Calico Jack se reúna conmigo. Cachita me reemplazará.

—Ann, tengo que pedirte algo, ¿sabes?, es relativo a Calico Jack... —Hizo una embarazosa pausa—. Por favor, sé que sabes lo mío con él... Ámalo, por las dos... Cuídale...

—Sí, Lunes. Estaré tranquila sabiendo que, cuando él venga aquí, yo compartiré su amor contigo.

Danilo Manso de Abajo, el añejado esposo de Lourdes Inés, reclamó a su mujer desde el rellano de la escalera, pretendiendo malhumorado que tanto él como

Diego Grillo ansiaban conocer a la criatura. Vidapura se apresuró a abrirles, llevándose repetidamente el dedo a la regordeta bemba, siseó molesta ante los escandalosos visitantes, indicando que podrían despertar a la recién nacida con semejante barullo. La niña sacó sus bracitos de debajo del pañal de hilo y bostezó hambrienta.

—Es preciosa, apenas unas horas de nacida y ya se le nota el linaje, pertenece a la casta irlandesa, será toda una señorita de supremos y refinados modales. Igual que su madre —resolvió el corsario entre burlón y conmovido.

El bebé fue destetado un mes y medio más tarde; Lourdes Inés, los chicos y Danilo Manso de Abajo habían vuelto a su vida normal. Diego Grillo corrió escaleras arriba seguido de Calico Jack, quien una vez en la estancia se apresuró a conocer a su hija, miró dentro de la cuna de bronce, y haló vacilante uno de los piececitos.

—Espéranos, pequeña mía —bisbiseó.

Todos se hallaban junto al portón de la casona, hacía un día soleado, y Ann recorrió con la vista el fulgurante verdor de los campos, los penachos de las palmas lejanas eran mecidos tiernamente por la brisa, pensó, y confesó en voz alta que su corazón lloraba henchido de amor y de tristeza, partido por dejar aquella isla. Ann abrazó a Cachita, quien quedaba al cuidado de su hija durante el período de lactancia. Besó el morrito del bebé, que hacía carantoñas como deseando retener a su madre. Una semana más y Lourdes Inés, la prima del aristócrata, recuperaría a Lunesita —como ya la llamaban todos—, se la llevaría a vivir junto a su familia la temporada que sus padres demoraran en unirse con ella. El corsario también estrechó a sus amigos. A una señal de Diego Grillo, aparecieron una docena de negros, y uno por uno dedicó una frase cariñosa a la mujer. Horacio Salvador se arrodilló sollozando abrazado a las piernas de la pirata, llamándola «mi señora, la extrañaré, mi ama».

—Amiga mía, no seré yo quien más te eche de menos —lanzó una ojeada a la niña prendida de una teta de la esclava Cachita, el suyo, un niño mulatito blanconazo, mamaba del otro pezón, y prosiguió el corsario—. Pero no sospeches creyendo que te engaño si te digo que pensaré en ti, en ustedes, deseándoles larga vida. Los esperaremos.

Diego Grillo sabía bien de lo que estaba hablando; deslizó una pistola de oro, rebujada en nácar, fileteada en perlas y diamantes, entre los pliegues del corsé de la mujer del pirata.

De los barracones iba Vidapura como una exhalación hacia ellos, echando el bofe, ceniza de la falta de aire, arrastrando los pies deformados, agitando un trozo de papel de cartucho en la mano.

—¡Señora Ann, su merced, señora Ann! ¡Mi hijo Tomasito me ha dado esto para usted!

—¿Tomasito sabe escribir? —se extrañó Ann.

—Tomasito es un gran poeta —advirtió Diego Grillo.

—Dice que lo lea después, allá, en la mar. Ahora no, ahora mismitico no —suplicó Vidapura, doblando la mano de la muchacha con el papel dentro.

En la chalupa, camino del *Kingston*, Ann leyó el papel:

Ifá   0 I
0 0   Oshé Ojuani
I I
I 0

Esta letra tiene iré para ti por Oshún. Pues en Oshé habla Oshún; pero en Ojuani habla también Oshún. En Oshé habla la sordera de las hijas de Oshún, no oyen a nadie; pero también lo que oyen siempre es bastante desagradable. Aquí Oshún tiene un solo vestido que de tanto lavarlo se le pone amarillo, pues era blanco. En Ojuani habla la habilidad manual de las hijas de Oshún, son alfareras, tejedoras, bordan, cosen, planchan, escriben. En Ojuani hablan Oshún Gumí, Oshún Ibú Kolé. Debes dedicar atención a la relación totémica de Oshún con las aves (auras tiñosas, el pavo real —regalo de Yemayá—), las cotorras y los periquitos.

Pero me dicen algo mis «loros cantores», mis muchachos del otro mundo que, ¿qué tú le debes a Yemayá? Págale lo que le debes y borrón y cuenta nueva. Un espacio no es chiquito si viven los que se quieren; pero hay que moverse porque tú tienes también relación con Obara: «Hoy aquí, mañana sabe Dios.»

En Oshé Ojuani (Oshé Niwo) es donde nace la apariencia. No se debe juzgar a nadie por su apariencia. La gente aparenta con un propósito, cuando consiguen lo que quieren se van de al lado de uno. La letra se mueve en dos sentidos. Por ejemplo, no puedes dar tu verdadero rostro. Guárdatelo para el amor; pero tienes que cuidarte del rostro que te dan a ti. Es un asunto de esencia y personalidad. La esencia para comunicarse en amor; personalidad para el mundo.

Tienes que tener cuidado con las etiquetas de las medicinas que tomes, no te vayas a equivocar. Tu vaso en las fiestas, en tus manos.

Habla este signo de pelea con el padrino, también de tres personas que se separan.

Aquí tienes que tener cuidado con un difunto que está pegado a tu lado y no te deja ser feliz.

Piensa bien lo que vas a hacer. No te dejes llevar por las apariencias. El arco iris no sale todos los días, y siempre sale después de llover.

Recuerda que tienes que moverte. Un abrazo.

TOMASITO

Ann sonrió y se dijo que serían los esclavos los que un día se levantarían y salvarían a ese país de la avaricia y de la envidia.

—¡Vaya usted a saber! A lo mejor... un día se unirán todos.

VI

—

... dormirías sobre el pecho de una
blanda amiga...
... yo te buscaba y llegaste, y has refresca-
do mi alma que ardía de ausencia...

SAFO

Desde popa, aturdida por la penumbra y a reducida distancia de su persona, Mary Read divisó una inusitada
forma demoníaca y descomunal enturbiada por la espesa niebla, lo más parecida a un bergantín, exhalando
pestilencias putrefactas; el cielo centelleó y las cuerdas y
los mástiles fulguraron envueltos en una capa de salitre
acristalado. El bergantín —porque se cercioró de que
lo era— iba pintado de un blanco rutilante, se asemejaba a la escultura de un navío esculpido en un trozo de
iceberg, o en una montaña de azúcar cande; y hasta es-
timó ver a un hombre patilludo con una gorra de capitán encasquetada hasta las orejas, también vestido
de blanco nítido, estirado y tenso igual a la cuerda de
una ballesta. Imitando a un militar, saludó la bandera,
alineada su mano recta encima de la frente, y después,
ceremonioso, agitó la misma mano, de un nacarado ful-
minante, en un adiós lento y nostálgico. Mary Read deletreó entrecerrando los ojos el nombre de la embarcación: *Ghost.* Vaya por Dios, respiró aliviada, el barco
fantasma atravesó el *Kingston* deshaciéndose en cientos

de nubecillas opalinas, muy por encima de la cabeza de la chica.

Observó sus manos, la piel reseca le tiraba áspera, tenía las uñas muy crecidas, empezó a recortárselas a puro diente, limpiándose los costados con la punta afilada de un espontón. Durante la guerra en Flandes, Mary Billy Carlton Van der Helst, finalmente Mary Read, había aprendido a pronunciar con cierta decencia el idioma enemigo, o sea, el castellano, aunque también se desenvolvía con el italiano, el alemán, el flamenco y el francés, más que nada para injuriar a los galos por renegados del aseo y por apocados, o lo que es igual, por cochinos y miedosos, por no decir pendejones. Chapurrear se atrevía, escribir era ya harina de otro costal. Mejoró con creces en la lectura y la escritura del inglés, gracias a la temporada pasada en la Royal Navy. Y más recientemente durante su estancia en el *Kingston*, donde la amistad con Juanito Jiménez —un ex prisionero gaditano a quien Jack Rackham destinó a la cocina como ayudante de Arturito, o mejor dicho, Arthur, el afeminado maître francés—, y que no paraba de canturrear en todo el bendito día, y hasta dormido, le había permitido progresar en la lengua cervantina gracias al infinito repertorio cancionístico del andaluz.

La china que yo tenía
cuándo la volveré a ver,
era una manzanillera,
que me dejó de querer.
Yo la vi, yo la vi, yo la vi,
y ella no me vio,
y estaba comiendo mango
sentada en el Malecón...

Tarareó Mary Read a mediana voz, imitando sin resultado el acento dulzón a caña chupada y a restallada uva en el frenillo de Juanito Jiménez. De súbito advirtió una presencia a sus espaldas, y se dijo que con holgada probabilidad se trataría de algún insomne de mente calenturienta que al igual que ella no conciliaba el sueño, perturbado por la luna llena, el vapor de la noche estrellada y el zumbido del vuelo de los cuervos nocturnos, las tiñosas, el rascar de los escarabajos, el incesante caminaíto de las hormigas cabezonas y el trasiego de las asquerosas cucarachas entre los resquicios de los tablones del suelo y de las paredes del camarote.

—Read, soldado Read. —Ann le reconoció pese a que tenía el pelo muy crecido y revuelto, más bien enredado en tirabuzones gruesos, y dividido por una raya que partía las mechas cubriéndole casi toda la cara.

—Más bien pirata. Pirata Read —volteó el rostro, frente a ella, masticando ruidosamente un pepino, Bonn sonreía afable—. Así que se salvó usted de esa espantosa epidemia del vómito verde y la cagalera morada; conocí a alguien que no corrió la misma suerte.

—¿Sabía usted que yo estaba enferma? Veamos, no tanto como enferma, en fin, sí, una epidemia es una epidemia. —Carraspeó—. Me cuidaron muy bien en Cuba. Allí el aire es puro, y la gente rebosa amor.

Read la miró extrañada. ¿Las fiebres le habrían dañado alguna parte sensible del cerebro, que se dedicaba ahora a hablar de aire puro y de amores? La semana pasada, el médico le estuvo explicando algo de este fenómeno, el de las contaminaciones dañinas, se podía morir como sucedía en la mayoría de los casos, o quedar muengo de chola, cuando las calenturas subían, y entonces ablandaban el meollo licuándolo como si fuera puré de coles de Bruselas, o por el contrario bajaban velozmente, el enfermo reventaba por los huevos, a lo que se llamaba quedar muengo de cojones.

Bonn era muy bello, pensó Read; los ojos color turquesa despedían una notable y principesca irrealidad, los cabellos anudados en una trenza cada vez más rubia debido a los bronceadores jugueteos extraviados de la mar y del sol, de complexión robusta. Lucía siete pulseras de oro en cada muñeca, brazaletes en los brazos, y en los tobillos, aros en los lóbulos de las orejas y en las puntas de las cejas. Reparó en que Bonn era lo que se decía un pirata presumido.

—¿Te gusta vivir aquí? —interrumpió Bonn, un poco incómoda ante el indiscreto escrutinio de Read.

Asintió, cambiando la vista hacia un poco detrás de Bonn, de manera tal que no quedara totalmente fuera de su órbita.

—Me contó el capitán que eres un incomparable espadachín, y que entretienes al equipaje organizando duelos... Y que te has batido como nadie en las cacerías de barcos... Así que suenas a alguien muy especial como persona —comentó Bonn, socarrona.

—Fui cadete de caballería, de infantería por tierra, y naval. Mi experiencia no viene de ayer, es larga y esforzada.

—Sin embargo, pareces joven —paladeó el piropo.

Bonn se moría por hacerse amiga de Read, y tuvo que recomponer su compostura, de pronto debió atajar el cosquilleo y la frase siguiente que revoloteaba en el cielo de la boca, aquella en que ansiaba pedir que la amara; fue como un torbellino dentro de ella, un lapsus inconsciente de su apasionado espíritu.

—Poco mayor que tú —aclaró Read.

Bonn extendió una botellita de Sir Nebuloso Vaporoso, brandy batido con cerveza, achicharradora bebida edulcorada con toronja, lo que atenuaba la sensación acribillante en el paladar. Read bebió dos tragos de golpe, aparentemente sin inmutarse. Y prosiguieron la conversación más en confianza gracias a los efectos del alcohol, tuteándose afables, hasta que la luna y el sol se fundieron, componiendo uno de los eclipses más sublimes del universo.

Durante varias noches Bonn y Read se dieron cita en cubierta. Ann, en evidencia más entusiasmada que Mary, apuraba la cena, y daba las buenas noches reiterando escenas excesivamente empalagosas y ponderativas de Calico Jack: «Eres el hombre más generoso del mundo, te amo con locura, mi chino lindo», con un lenguaje entre soez y guasón, adquirido en la Llave del Golfo, o sea, en Cuba, amparándose en clásicos pretextos como: «Iré a dormir más temprano, amante mío, pues me siento malita de aquí», y se tocaba el bajo vientre echando mano de graciosos pucheritos, o se tanteaba las sienes perseverando en la frase, «ay, vaya, qué jaqueca, qué inoportuna jaqueca, mi papichulín»; a veces sugería tomar el fresco en babor sabiendo que el pirata se negaría rotundamente, ya que durante la sobremesa prefería dedicar invariable y precisa atención a analizar obsesivo los mapas y las rutas de los buques susceptibles, en su imaginación, de ser pillados por el *Kingston*.

En lo que a Read atañía, la filibustera fingía dormir profundamente, evitando así que a nadie se le ocurriera obligarla a participar en ningún posible juego de azar; sus compañeros empezaban a fastidiar con estruendosos ronquidos y un bullicio de fétidos pedos, ella se fugaba en puntillas a toparse, como quien no quiere caldo pero que le den tres tazas, con el atractivo, tierno, e inseparable amigo Bonn, de quien empezaba como a embobarse, aunque le encontrara un tilín escaso de vello, más bien lampiño, entre las zonas del mentón, de la cara y del pecho.

—Es que te lo digo, yo es que vengo notándote muy *salío* del plato *úrtimamente*... Nervioso, vaya, *mu* nerviosillo —insinuó Juanito Jiménez en su inefable acento por bulerías.

Read se hizo la muerta para ver el entierro que le harían, y recalcó que no sabía a qué tonterías se refería. Instigó a que la dejara en paz, e hizo señas a Hyacinthe para que se pusiera en guardia empuñando la cimitarra. Estaban a punto de batirse en duelo de entrenamiento, cuando como una especie de madeja lanuda y majadera corrió hasta ella, ladrando y chillando con vehemencia, brincando en las patas traseras, olisqueando su trasero... *Pirata*, el perro de Corner, se ponía eufórico cuando ella se ponía mala, o sea, con sus reglas; terminaría siendo el dichoso perro quien descubriría su extravagancia, la esencia incómoda, su forzosa condición de mujer. Lo espantó tirando una patada al aire, chasqueando la lengua contra los dientes, lo que no favoreció de ningún modo un cambio de resultado, empecinado, el caniche babeaba mordisqueándole las pantorrillas. Finalmente hubo de interrumpir el duelo. Hyacinthe se marchó acongojado, pues gustaba de medir fuerzas con Read, su esgrimista preferido, después del capitán, que dicho sea de paso, seguía siendo el mejor de los mejores, subrayó hipócrita el malgache, aunque pensó, es cierto que, estu-

diándolo con detenimiento, «su guardia es como jorobada —se dijo—, casi torcida».

Cuatro noches seguidas sin poder conciliar el sueño
y sin acudir a la habitual cita con Bonn. A la quinta, Ann
Bonny en persona fue a buscarla, tiró de la sábana de
tela de saco de harina y, destapándole la cabeza, hizo señas para que le acompañara sin chistar.

Juntas disfrutaron de la reaparición del *Ghost.*

—Hyacinthe fue el primero en verlo —señaló el barco fantasma—. Asegura que no viene a hacer daño, sin
embargo para él está cantado, nos anuncia un mal pre-
sagio, algo así como que deberíamos olvidarnos de este
asunto, e ir a vivir a tierra firme, y volver a disfrutar de los
placeres comunes... Igual se equivoca, aunque Hyacinthe es una alma de dios, un buenazo... —murmuró
Bonn.

Hubo un largo silencio teniendo como único testigo
el perenne bramido de la mar.

—Dime una cosa, Read, ¿desde cuándo no has tocado mujer?

La invadió un súbito temblor como si un batallón de
ratas subiera por sus piernas, las manos se le congelaron,
apretó los muslos. No era la primera vez que Mary se hallaba en semejante situación embarazosa, del mismo
modo le había ocurrido con Flemind, su difunto marido, allá en Breda, cuando el cadete se enamoró tozu-
damente de ella, cadete a la par que él.

—Hace más bien... bas-tan-te tiem-po... Si mal... no
recuerdo... —balbuceó.

Una segunda pausa reanimó el espectacular zumbido del silencio agazapado en el titilante reflejo de la
luna en las olas.

—¿Y tú? —se atrevió a indagar Read.

—Pues... yo tam-bién, en fin, creo que... —tocó el turno a Bonn de hilvanar cómicos tartamudeos.

El vaho tibio de una ola moteó a las chicas de las cabezas a los pies, sin embargo, no se movieron, como si no se hubiesen enterado. Estaban acodadas a bordo, contemplando la oscura vastedad del océano. Bonn se viró hacia Read, apoyó la mano en su nuca, la atrajo y le besó los labios.

Read juzgó conveniente zafarse del abrazo, limpió su boca con el dorso de la mano, fingiendo rechazo.

—¿Qué recoño de tu madre traficas? —la perplejidad acentuaba el imperioso deseo, más que probada repulsión.

—Read, Read, escúchame, amigo... —Ann tomó las manos de Mary y las plantó en sus senos erectos, debajo de la chaqueta desabotonada—. Soy chica, no soy varón... No te asustes... soy chica.

Palpó, en serio, sí, por supuesto, no podía ser diferente de ella. La carcajada apagó el farfulleo. Ahora era Bonn quien no entendía nada, o más bien pensó que Read había perdido la cordura, o se burlaba de ella como todo un cochino pirata del montón, y que de seguro iría a contárselo al resto. Sí, pues claro, qué tonta había sido, regaría por doquier que en la tripulación vivía una mujer, y echaría a perder todo, todo con Calico Jack, y estaría condenada a vivir con el tarambana de su marido, James Bonny, el resto de sus fracasados días... Read dejó de reír y entonces se le tiró encima, como si fuera a golpearla; inesperadamente le devolvió el beso, con lengua hasta la campanilla, arduamente ensalivado.

—Es mi venganza... —suspiró— por atreverte a besar a... A otra mujer.

Ann no comprendió de buenas a primeras. Mary liberó de un tirón los botones de los ojales de su camisa y mostró su pecho estrictamente vendado, fue deshaciendo la banda, y la ricura fresca de la noche alivió sus pezones del doloroso y constante martirio, del escozor de vivir apresados.

—¿También tienes raja, y no pito? —bromeó la mal hablada filibustera.

Ann Bonny y Mary Read, enlazadas en una añorada caricia, sus finos y tersos hombros —en comparación con la piel bronceada de los brazos— vibrando bajo el manto del crepúsculo alquitranado, convencidas de que deberían guardar astutamente el secreto, prometieron no traicionarse, ni siquiera les pasó por la mente nombrarse Ann o Mary en solitario, por nada del mundo dejarían de ser Bonn y Read.

El galeón trastabilló, fallando en su rielar monótono; chocó con un fragmento flotante desprendido de una roca, lo que provocó que una ola inmensa bañara la cubierta con la espuma hedionda propagada a causa del trasiego mercantil. A Harp, el segundo timonel sustituto, le resbaló la rueda de las manos, y se despertó. Bastante rápido, el galeón volvió a estabilizarse, a veces sucedían imprevistos de ese tipo, nada importante, pero Harp pecaba de minucioso; de todos modos, se dirigió en sigilo, luego de anudar el timón al trinquete de hierro, a verificar que ninguna gravedad acontecía en vuelta de la santabárbara, el alcázar, popa, babor, estribor... En esa tarea estaba cuando sorprendió a Bonn y a Read abracados, pero... Aguzó la mirada, aquello no era riña, sino romance. Harp sonrió mostrando un hueco prieto, y un desamparado diente de oro encastrado en la encía de arriba, satisfecho frotó sus manos. Espió unos minutos, pero por suerte para ellas la vista del viejo se debilitaba cada día más, culpa de los intensos rayos solares, peor se ponía de noche, apenas distinguía borroso, y si bien identificó a Read y a Bonn, no llegó a percatarse de los dos pares de melones bamboleantes en sus pechos, pues sólo alcanzó a atisbar sus siluetas de espaldas. Entonces resolvió delatarlos frente a Calico Jack, si algo desagradaba a Harp hasta producirle náuseas y arqueadas eran los mariquitas a bordo... Ah, y las mujeres, esas sátrapas no se quedaban rezagadas, no sabía cómo las endemoniadas se las arreglaban, pero siempre lograban poner todo patas arriba. La Inquisición llevaba razón, refunfuñó, a los maricones tapados de alquimistas y a las brujas camufladas de modosiñas deberían turrarlos en la hoguera.

—Este par de cagaleches van a saber lo que son casquitos de guayaba y coquitos rallados en almíbar... —masculló rabioso, quizás envidioso.

Calico Jack discutía reunido con Corner, Carty, Davis, Howell, Earl, Dobbin, Harwood, Fetherston y Hyacinthe, los piratas en los que —según él— podía confiar con los ojos vendados; paliqueaban sobre los planes acerca de asediar un brulote, en realidad, un mercante camuflado bajo la insignia de la Armada Real Española que llevaba como destino la península Ibérica y que había fondeado cerca de un mes en el puerto habanero, el *Santa Clara II*, seguido de dos balandras y tres bergantines marcados en la lista que un soplón a dos bandos había proporcionado al capitán, la *Niña Esther*, la *Sefaria*, el *Sans Pitié*, y el *Dionisio*. Y se dispuso a citar pormenores... El *Sans Pitié* pertenecía a la Compañía Holandesa de las Indias Occidentales, adquirida por Francia para dedicarse al tráfico negrero; para él daba igual, parecía indicar que traía sedas, y mucho opio de ese —farfulló, haciéndose el ignorante— que decían calmaba los dolores de muela, y todo tipo de dolor, y para colmo de bienes ponía a alucinar cual un «canario que tiene el ojo tan negro», verso que escribiría casi siglo y medio después José Martí en tremendo alucine perpetuo atiborrado de hachís hasta los tímpanos; y trasladaba además un sinnúmero de negros y moros. El *Sefaria* y el *Dionisio* transportaban envidiables colecciones de perlas, carnes saladas, bebidas. La balandra *Niña Esther* poseía líquidos muy preciosos y de los cuales hacía semanas ya iban careciendo: agua potable, vino, ron, decenas de barriles de cerveza y miel de abeja, o mierda de vieja, como solía decir Hyacinthe en son de chacota. En el *Santa Clara II* puso el capitán mayor énfasis y esperanzas, oro, pedrerías, y penachos reales de aves majestuosas con las que los caciques indios fabricaban sus maravillosas coronas, muy apreciadas entre los fanáticos dueños de tiendas de antigüedades londinenses. Menos Calico Jack, obvio, el resto no salía del estupor, sin comprender cómo había recibido información tan completa, ignorando la vía por la cual pudo apertrecharse de semejante lujo de detalles, acontecimiento sin precedentes en la congregación.

—Amigos, hace dos noches recibí la visita de Johnson, el pirata escritor. Él prefirió deslizarse entre nosotros con suma discreción, ustedes no desconocen que puede ser altamente riesgoso que Woodes Rogers se entere de que Johnson navega de nuevo, entre filibusteros; hace relativamente poco le fue concedido el perdón. Fui prevenido de que vendría con un tesoro insuperable, el de la investigación meticulosa, la pesquisa eficiente, y como me conocen ya sabrán que me sobra curiosidad, acepté de inmediato. Cuentan que el tal Johnson es un gran hombre, pero en los tiempos que corren no puede uno fiarse ni de su propia sombra. Hicimos un pacto, él nos contará lo que sabe, ya ha soltado un adelanto, todavía su lengua no se ha desatado lo suficiente, o sea, que tenemos para rato. A cambio recibirá una buena parte del tesoro, tal vez un poco más espléndida que las demás, aunque deberá anotar en su factura otro privilegio concedido, a modo de comisión estimulante. Le autorizaré a contar sobre nosotros lo que le dé la gana de escribir en su libro, más bien le veo interesado por la rutina del *Kingston,* nada del otro mundo.

—¿Estás consultándonos, o ya lo has resuelto? —bromeó Earl.

—Earl, no supone un grave problema soportar una temporada al escritor —reparó confiado Calico Jack.

—Dicen los que saben del tema que un escritor constituirá siempre un grave problema —afirmó Corty.

—No más grave que un pirata —chanceó Fetherston.

—En revancha, nuestras hazañas serán grabadas en letras de oro y quedarán como testimonio para la posteridad —se mofó Hobbin.

—Tonterías, verracadas, o bellaquerías extravagantes —masculló el ronco Davis chupando la pipa.

Una hora antes, Bonn había visto escurrirse a Harp dentro del camarote del capitán; quedaría allí dentro unos quince minutos, después huyó presuroso y alborozado en dirección a cubierta con el semblante desfigurado en rictus repulsivo, la boca torcida de quien ha cometido una fechoría que le proporcionaba deleite y vehemencia. Bonn se extrañó de que Calico Jack reclamara la presencia de todos sus hombres de confianza, menos a ella, lo cual la inquietó bastante, pues era conocido de todos que Hyacinthe y ella significaban para Rackham sus dos brazos, o mejor dicho, equivalían a dos brazos suplementarios. No bien hubo finalizado la conferencia y comprobó que su amante se hallaba de nuevo a solas, irrumpió en el camarote exigiendo lo que Bonn denominaba sus derechos:

—¿Qué pasa? ¿Por qué a todos ellos menos a mí anticipaste las acciones? —Roja de ira, se paseaba de una esquina a otra, llameante el brillo turquesa de las pupilas.

—Ann, querida y mimada Ann..., siéntate y escúchame. —El capitán quiso ganar tiempo.

—No jodas, hijo de puta. No te atrevas a jugar conmigo, te costará caro. En alguna cabronada andas, tramando con esos zarrapastrosos a mis espaldas... —masculló con los puños apretados y sudorosos, ambicionando triturar el escritorio.

Con estas frases pronunciadas en mediano y demorado tono amenazador, Ann consiguió sacar de quicio al pirata, quien quitó las piernas colocadas también encima del mismo escritorio y la encaró rabioso.

—¿Insinúas que soy yo quien te traiciona? ¡Ladrón que roba ladrón... —esperó que Ann continuara con la segunda parte del proverbio, ella enmudeció— ... tiene cien años de perdón, ¿no?! —espetó el pirata—. ¡Harp los sorprendió in fraganti a ti y a Read, en plena cubierta, desnudos de la cintura para arriba, manoseándose como dos puercos! ¡Tú sabes bien, estás al corriente que nos andan cazando, nos tienen en la mirilla! ¡Por tu culpa!

¡Por haber enviado el acta de compra al procurador Richard Turnley para que lo autentificara! ¡Qué locura, en seguida se fue de la lengua, el muy sobornador! ¡Oigan bien, entérense, Jack Rackham compró a la mujer de James Bonny! ¡Poco más, y tampoco yo podré pisar tierra cuando lo necesite! ¡Y ahora me sales con amantes de quinta categoría, en mi propio navío!

—Ah, está bien, es eso... —Ann se recompuso recuperando firmeza—. ¿Sólo eso?

—¡¿Te parece poco?! —tronó, indignado.

Intuyendo que quien pagaría los platos rotos sería su amiga, Ann se adelantó:

—Debes perdonar a Read, lo sucedido no ha sido más que culpa mía. —Podría haber dicho la verdad, que ambas eran cómplices con igual nivel de placer, pero deseó seguir siendo fiel al juramento que habían pactado la noche anterior: el de no confiar ni a sus sombras sus verdaderas identidades.

—¡Ann, yo te amo, quiero que lo sepas muy bien, te amo! ¡Pero no puedo perdonar a nadie, menos una traición de este tipo, justo en el momento en que el mundo se viene abajo, y los perdedores no estarán precisamente y por primera vez del lado contrario! ¡Es muy posible que todo esto que hemos construido con tanto esfuerzo se derrumbe más temprano de lo que imaginamos! ¡El poder nos abandona, nos bota como un trapo cagado, después de limpiarse el culo con nosotros, luego de haberse servido de nuestro trabajo durante siglos! ¡Hemos sido sus marionetas! ¡Qué patanes!

—Basta ya con tus elucubraciones egoístas, volvamos a Read. ¿Cuál será el castigo, tirarlo al agua? —Ann se traicionó.

—¿Qué dices? Al agua debería tirarte a ti, pero ya sé que no constituiría un castigo, más bien sería un premio. Le tiraría al agua, según el reglamento, si fuese mujer... No ignorarás lo que afirma la ley, todo pirata que sea sorprendido con una mujer a bordo deberá ser ejecutado de inmediato, pero como en este caso, salvo Hyacinthe, pocos sospechan de tu sexo... El mismo Harp ha creído ver a dos mariposuelas locas... He decidido darle un chance a Read... Para que veas que no soy tan malo, mucho menos injusto, nos batiremos en duelo. Aunque sé que estoy dándote por la vena del gusto, puesto que te facilito la oportunidad de elegir y quedarte con el más hábil.

—¿Con cuál arma? —dudó la joven.

—¿Con cuál arma va a ser, querida? Con la espada, deberías suponerlo.

—Eres un estúpido, tanto en la espada como con armas de fuego rozarás la desventaja. No desdeñes un dato importante, Read hizo la guerra, su experiencia te deja enano en comparación.

—¿Y yo qué? ¡Yo soy, hoy por hoy, el capitán Calico Jack, el más temido en la mar Caribe! —vociferó, encolerizado.

—De cualquier modo, tu guardia es demasiado torcida, jorobada, diría yo. Es fácil entrarte por cualquiera de los laterales. No aciertas de ninguna manera a cubrirte derecho, no lo suficiente en la exacta medida correcta.

El pirata saltó igualando a un samurái, y sin esquivar el arranque de cólera desenvainó el sable e indujo a Bonn a que le imitara aguijoneando el aire, picándole muy cerca de la mejilla con la puntiaguda arma, en aras de iniciar el duelo batiéndose también contra ella. Literalmente entre la espada y la pared, Bonn se vio precisada a defenderse, brillaron y rechinaron los aceros; la pirata se mantuvo a la defensiva por corto tiempo, empezó a ganar espacio, arreciando ágil con las cuchilladas. Sin resuello y sin avizorar reposo, los mechones de pelo chorreando sudor, tirando y destrozando muebles, adornos e instrumentos de marinería, el compás de ruta, el astrolabio, un reloj de arena, un globo terrestre, la brújula, también rotos o volando hacia lo incierto en el desorden de la violencia, los piratas se fajaban echando mano del exclusivo pretexto del honor.

—¡Debes parar! ¡Yo asumiré el duelo! ¡No lo harás con Read, no con Read! —rogó, agitada.

Respetuosos se detuvieron, marcando pausa, abatidos por la disnea.

—Es tarde, impartí órdenes a Harp, y ha ido a avisarle, Read debe de estar al corriente.

El capitán huyó de la cabina como un bólido, ella le persiguió. En cubierta, Read dispuesta impacientaba, la mano apretada en la empuñadura del sable. Los asombrados miembros del equipaje no entendían ni jiña frita de lo que acontecía, no obstante, fueron agolpándose alrededor de Read. Harp había recibido instrucciones de guardar discreción, y si desobedecía, lo cual previó Rackham, puesto que el segundo timonel sustituto desconocía la prudencia dado su temple malsano y canalla, pagaría la insensatez con su vida. Harp, con el objetivo de calmar la curiosidad del público, inventó entonces que Calico Jack y Read se batirían en duelo ya que este último se negaba a fustigar a latigazos a Bonn. La tripulación se ofuscó aún más, ¡¿cómo podía acontecer tamaña barbaridad?! Para ellos Bonn era un hombre cabal, sesudo, denodado pirata, fiel amigo del capitán por demás, ¿cómo podía castigarle salándole en azotes? ¡Qué humillante sanción para el simpático chico, pobre Bonn!

—Pues sí, amigos, Bonn se quedó dormido como una jutía conga, y no compareció a la reunión de hoy porque no le salió de sus reales narices; lo que significa una verdadera falta de respeto, una triste deslealtad —intentó explicar Harp, enredando todavía más la pita, torpe, nervioso, sin atinar cómo diablos salir del embrollo.

La figura del capitán se reflejó en las pupilas doradas de Read, en donde el descomunal sol destellaba a plenitud. Inesperadamente la filibustera retrocedió, sólo para servirse del impulso y permitir que el adversario entrara en confianza. Así aconteció, el capitán atacó ventajoso, recurriendo a la furia, lo cual le restaba destreza y le sumaba peligro. Los sables chispearon contra un poste, a cada golpe se oían exclamaciones admirativas o despreciativas al unísono ante un toque audaz o una charranada. Read protegía su rostro con el antebrazo, desplazándose a los recovecos menos premeditados; había aprendido en la contienda que el contrario busca refugio en la sombra que le obsequia el enemigo, y ella esquivaba diestra, o con toda maldad se situaba de frente al sol, cegando retadora al capitán con el destello del acero. Después de recorrer cubierta a lo largo y a lo ancho, prosiguieron por la santabárbara, el alcázar, la cocina, los camarotes, las antiguas galeras ahora usadas sólo para guardar víveres, mercancía y el fruto del pillaje. Subieron de nuevo a zancadas de ogro, batallando sin descanso, visiblemente agotados, y sin embargo, perseverantes, enchumbados en sudor y brea, escupiendo la acumulación de saliva en las comisuras labiales, vociferando insultos o vomitando gritos y quejidos.

Se hallaban haciendo equilibrio en uno de los atravesados mástiles, habían recorrido ya todo el borde ovalado de cubierta, a un tris de estrellarse contra el agua, cuando a Juanito Jiménez se le escapó la arenga que provocó la hilaridad salvadora, la que sacudiría la tormentosa sed de venganza en el genio de los duelistas:

—¡Hala, Read, tú a lo tuyo! ¡Está canta'o, niño, está que trina! ¡Esto lo gana el primo Read, que el capitán tiene la guardia muy torcí'a, hay que reconocerlo! ¿No te jode, hereje?

Tras la altisonante carcajada colectiva se hizo un silencio de cementerio. Read se sintió mezquina, lo que sólo suele ocurrir a las mujeres en instantes tan decisivos, como estos en los que está en juego la vida y sus maravillas, y comprendió que le tocaba el turno a ella de brindar un chance al capitán, y descuidando adrede la ofensiva recibió un puntazo en el esternón, y se destarró, más por el empellón que a causa de la herida, estruendosamente contra el oleaje. El capitán elevó los brazos, empuñando triunfal la espalda, pero en lugar de un clamor victorioso oyó un alarido lúgubre haciendo eco en conjunto, proveniente de las gargantas de los piratas que ya se abalanzaban a cubierta para vigilar el inminente destino de Read. Emergió más rápido de lo que pensaban, aunque se notaba que nadaba adolorida, y un hilillo púrpura tiñó el agua. Detrás de ella se había lanzado Bonn en clavado libre, pretendiendo salvar a su amiga.

—¿Cómo no me dijiste que se trataba de una mujer? —lamentó, indignado, Jack Rackham.

Ann Bonny calló simulando mansedumbre, la vista clavada en el demacrado rostro de su amiga. Llevaban unas cuatro horas en el camarote del capitán. El médico cosió el tajazo esmerado en que quedara lo más fino y con el tiempo se hiciera invisible, untó una especie de árnica, o ungüento espeso y de color marrón alrededor de la cicatriz para contrarrestar la excesiva inflamación. A una señal, Hyacinthe empezó a vendar el torso de la chica. El cirujano lavó los instrumentos, los envolvió en pañuelos de seda, e iba guardándolos metódicamente en cada compartimento del neceser. Jack Rackham le apartó a una esquina de la cabina buscando intimidad, y le tendió una bolsa pesada de joyas, comprando abiertamente la discreción del galeno, y como era normal en él, sin escrúpulos de ningún tipo. El hombre bajó la cabeza evitando enfrentarle, y extendió la mano aceptando el pago en señal de dócil sometimiento.

Hyacinthe se retiró sin chistar detrás de las huellas del *sacapotras* o *matasanos*, nombretes que se había ganado el médico, inmerecidamente, entre el ambiente burlón del equipaje.

Los piratas daban por sentado que Read reposaba en la enfermería, o sea, en el camarote individual del médico, y rodó la voz de que le habían aislado.

Durante la convalecencia, a Mary Read no le estuvo permitido moverse del camarote del capitán, ni siquiera de su cama. Al tanto de que Read compartía cama con Bonn sólo estaban cinco personas, el malgache, el cirujano, el capitán, Ann Bonny y la propia Mary Read. Durante las primeras noches, el pirata se retiraba por la puertecilla secreta que dividía su cabina de la de su mujer, a descansar a la cama de ésta. Ann dormía junto a

Mary, las manos enlazadas; o la cabeza de la enferma reposando en el suave y confortable pecho de la amiga, arrimadas cual dos amantes que acaban de jurarse amor eterno.

Mary Read parpadeó y buscó sus labios, tímidamente, todavía no se atrevían a hablar del asunto. Y aunque la herida había sanado, ella se hallaba muy débil, la estremecían sucesivos escalofríos debido a la estrepitosa destarrada contra el océano. Mary ansiaba buscar protección en la tibieza ajena, anhelaba olvidar su cuerpo, y se fundió con el de la amiga. Ann Bonny respiró hondo, haciendo suya la respiración vecina. Más tarde también ella buscó sus labios, y reanudaron el beso, lento, delicado, apenas un roce tierno de las bocas entrecerradas, sin codicia del deseo. Se acostumbraron a que todas las noches, antes de caer rendidas, besaban sus labios suavemente, pero ninguna osaba aún a hablar de ello, no se aventuraban a confesarse cuán delicioso les parecía el ritual que habían iniciado clandestinamente, ajenas a la vulgaridad de tener que consultar la opinión del capitán.

—¿Mejora o no su salud? —cuestionó incrédulo Calico Jack mientras almorzaba a solas con Ann en el camarote de ella.

La chica demoró en contestar, recortó en rebanadas el salmigondi o salpicón, un cilindro compacto de res cocido en caldo de cebollas y ajos. Sirvió en los platos ribeteados en oro, añadió la guarnición de aguacate, tomate, pepino y pasta de frijoles colorados, aliñados con aceite de oliva y vinagre de sidra. También preparó un tercer plato destinado a Read. Brindaron en copas espumosas de Mumme, la cerveza alemana cuyo aroma evocaba yerbas provenientes de la selva negra. Ann sorbió un trago y pronunció, misteriosa:

—Vendrás a visitarla cuando terminemos de almorzar. El cambio es brutal, como de la noche al día. Juzgarás por ti mismo.

Lo único que fue capaz de calcular y por ende concluir Jack Rackham era que, con noventa y nueve papeletas de evidencia, quizás su mujer conspiraba en contra suya, o tirando por lo bajo, con un golpe de suerte al azar, en alguna trampilla maligna andaba metida hasta la cerviz, o empapada hasta el cogote.

Apenas podían divisar la neblina azulosa que se colaba por la escotilla, el camarote se hallaba en semipenumbra. Ann empujó la portezuela con el trasero, pues tenía ocupadas las manos con el plato de comida para Mary y un botellón de cerveza. Calico Jack trasladaba la bandeja con tres copas. Mary Read surgió de detrás del vestidor, cual una aparición iridiscente, inspiración opalina de la Victoria de Samotracia, tapada por un peplo gralteado de seda transparente veteada en verde y en dorado. Se marcaban sus senos, y también el velludo pubis. Desnudos los pies, el pelo alto recogido en un moño —estilo capricho de tritón— que descubría el erizamiento del cuello. La puesta en escena había sido ideada por Ann Bonny, y ella avanzó desafiante, animando a su amiga a que se sentara a probar el menú a una graciosa mesita rectangular. La otra saboreó unos cuantos bocados, cató la bebida y tragó hasta el fondo. El silencio espesaba por segundos. Ninguno de los tres se atrevía a romper el hielo. Finalmente, el pirata, aparentando serenidad, sin moverse de la silla de su escritorio, puesto que le confería un indudable carácter superior, profirió una frase, no sólo de cortesía, casi implorando:

—Eres muy bella. No me perdonaré jamás haberte herido.

Mary Read asintió con ademán arisco, rallano en lo vulgar.

—Te dejé ganar.

—¿Cómo dices? —interpeló, picado.

—Lo que has oído, necio, te dejé ganar —el tono relambío le restó injuria a la declaración—. Si no lo hubiera hecho, de cualquier modo habrías ganado, con trampas, siendo el jefe...

Limpió su boca palpando con la servilleta, dando golpecitos en las comisuras labiales; luego se levantó de la mesa, bebió de un trago el culín sobrante en la copa y se dirigió a Ann Bonny. Mirándose por fin en lo hondo, se estrecharon moldeadas en una escultural caricia, que culminó en un largo y apasionado beso. Poco a poco avanzaron hasta la cama, quitándose lo parvo que llevaban encima. Allí se tiraron, sin dejar de lamerse, las bocas, los cuellos, los senos, los vientres, los muslos, las piernas, las vulvas. El pirata empezaba a ponerse nervioso cuando Ann le reclamó en voz baja y melosa, entonces fue a acomodarse junto a ambas, estirado en la orilla del esponjoso colchón relleno de plumas de oca. Ann cruzó por encima del hombre, incitándolo a que se colocara entre ella y Mary. Calico Jack sólo tuvo que desmadejarse y dejarse acoplar al antojo de las mujeres, volteaba la cabeza hacia Ann y recibía un beso ardiente, mientras ella conducía la mano de Mary en un recorrido mimoso por los erotizados promontorios del cuerpo masculino; exaltados los tres en arrumacos y frotaciones. Al rato, él viraba su cabeza hacia Mary y entonces ella respondía sacando y serpenteando su lengua en la suya. Los sexos latían babosos, y el suyo vibraba endurecido y erecto, después de que se había desembarazado del calzón rojo de algodón rayado en listas negras, exclusividad que hacía la sensación del distinguido público femenino de numerosas islas aledañas. Ann se apoderó de la goteante yuca dándose brochazos en el resbaladizo quimbombó, entonces cedió el puesto a su amiga, quien situada debajo simuló morosidad. Fue cuando el pirata tomó la iniciativa y penetró el estrecho y vibrátil orificio. Tres días y tres noches vivieron aún más idos del mundo que de costumbre, puesto que ya el hecho de haber elegido el océano como hábitat los convertía en exiliados permanentes, inclusive de cualquier territorio, de cualquier país, de sí mismos. Desde aquel instante no volvieron a separarse, la fugacidad del deseo devino perdurabilidad deseada. Aunque Mary mudó algunas pertenencias al camarote de Ann con extrema prudencia, instalándose allí, asimismo no descuidó, asunto de guardar las formas, de codearse con sus camaradas y pernoctar de vez en cuando en su antigua camarota.

—Te lo decía yo, que te veía *mu* no sé qué... —reparó Juanito Jiménez—. Como *mu* enamora'o, digo yo.

Ella tiró de la oreja en son de broma, pero con tal brusquedad que por nada se queda con el trozo entre los dedos.

—¡Aaay, caramba, Read, jodé, qué chico más cerrero eres tú! ¡Cuéntame qué te traes! ¡Que no diré ni mu! Soy, mira lo que soy —se inclinó ante ella con los brazos en cruz—, por mi *marecita,* una tumba.

—Tú no eres una tumba, Juanito Jiménez, tú eres una rumba. Tú no conoces lo que es la seriedad —replicó Mary Read, jocosa.

—Seré una rumba, pero en el puerto de Cádiz hicimos picadillo a los jodidos ingleses... —se burló el andaluz.

Si no fuera porque Read le había tomado un gran cariño y porque además sabía que Juanito se la pasaba de maravilla sonsacándole, fastidiándole con que el inglés le parecía demasiado afeminado, y restregándole su pasado bajo el dominio de la Armada Inglesa, le habría roto el cráneo de un batacazo. Como dos chicos se pusieron a correr persiguiéndose, ella le atrapó y rodaron armando el jolgorio, jugando a los pellizcos, a los puñetazos fracasados, a las mordidas, que más que mordidas eran chupones. *Pirata*, el perro de Corner, y una cotorra, que Juanito Jiménez había enseñado a cantar engrifada en el lomo del caniche, se apuntaron a la algarabía; ladrando uno a todo pulmón, la cotorra, *Lucrecia Borgia*, nombre que le dio el andaluz, escandalizando con el estribillo:

> *Si me pides el pesca'o te lo doy,*
> *si me pides el pesca'o te lo doy,*
> *te lo doy, te lo doy, te lo doy...*

El equipaje se aprestaba sosegado para el ataque, diría que incluso más cachazudo que de rutina, en vez de adiestrarse en el ensayo de los nuevos trabucos, de revisar los arpeos y garfios de abordaje; los filibusteros se entregaban a entrenamientos sedentarios, a juegos de azar, asunto de que el ocio no les carcomillara el coco y de ese modo conservar la frialdad concienzuda, a la cual echarían mano en el momento preciso. Jugaban a los dados, barajaban naipes, bebían grog, hacían chistes crueles mofándose entre ellos, tirando a chacota las torturas infligidas a sus víctimas en el pasado.

—¿Te acuerdas cuando los colgamos por las patas, qué cicotes, Dios de los tullidos, y los hundimos en los toneles de miel, y luego soltamos a las moscas venenosas? —estallaron en estrepitosa carcajada.

—¿Eh, Earl, y qué me dices de cuando armamos la zarabanda y los obligamos a comer hormigas locas? —rieron a todo pulmón.

Bonn, alejada de los demás, curioseaba desasosegada en el horizonte, intercambiándose señales con el atalaya. «Ni sombra del brulote —masculló—, todavía ni puta sombra del maldito barco.» Un hombre de complexión ruda, aunque de caminado y modales refinados, aspecto bohemio, se sentó entre unos avíos, doblado sobre un cuadernillo en donde garabateaba frases rápidas siempre que algún comentario, objeto o movimiento llamara su atención. Se trataba del capitán Charles Johnson. La joven presintió que anotaba acerca de su persona analizando con esmero su comportamiento.

—¿No tiene nada más importante que hacer, capitán Johnson?

—Mi tarea es escribir. Creo que es lo único importante que me ha tocado hacer en la vida.

—¿Y para qué sirve?

El hombre no respondió, pasó su mano por la frente hasta el cráneo, mesándose los ralos cabellos, seguro y feliz de vivir angustiado por esa duda perenne: ¿qué utilidad tendría todo aquello? Como mucho, serviría para levantarse, todas las mañanas, y repetirse la misma pregunta. Vaya consuelo.

—¿Qué escribe? —inquirió Ann Bonny.

—Una historia. —Le hizo gracia la mueca de incredulidad con que la joven recibió su respuesta—. Sobre un náufrago, una isla, y un esclavo al que los caníbales acorralan. No es real; es una historia mía, inventada por mí, inspirándome en sucesos ajenos.

—¿Cómo se llama el náufrago?

—Robinson Crusoe.

El capitán Charles Johnson no era otro que Daniel Defoe, pero ese dato Ann Bonny no tenía por qué saberlo.

—Me gusta. Es sonoro, da la idea de algo así como encrucijada. Sí, ya lo creo: Robinson Crusoe igual remota encrucijada. ¿Y la isla?

—No se me ocurre nada hasta el momento. Veré, seguiré dándole al cráneo...

—¿Y el esclavo?

—No sé si es necesario que tenga un nombre. No estoy tan seguro.

—Si el náufrago lo tiene, y la isla también, no veo por qué no debería llevar nombre el esclavo.

El capitán Charles Johnson asintió, aunque meneando dudoso la cabeza.

—Tiene razón, Bonn, creo que sí.

—Viernes, se llamará Viernes. Hoy es viernes, y... observe: hoy tendremos botín. —Señaló al horizonte, a la enorme presencia del brulote español—. No se asuste, aún está lejos, tendremos tiempo. Fíjese lo grande que es, aun a distancia.

—Viernes, es viernes. Sí, Robinson Crusoe puede salvarle de los caníbales un viernes, y ése es el motivo por el cual se anima a bautizarle así... Viernes. —El hombre anotó entusiasmado en el cuadernillo.

—¿De verdad tomará en cuenta mi opinión? —Ann Bonny hizo señas al atalaya y a los vigías. Éstos se dieron por enterados y agitaron vivarachos los brazos.

—¿Por qué no debería hacerlo?

—Soy sólo un chico, ignorante e inexperto en temas de humanistas, un pirata poco o nada cultivado. —Empezó a desenrollar cabuyas y cordeles.

—No habla usted precisamente igual que un pirata, ni siquiera que un chico cualquiera.

—¿Y usted? No se queda rezagado. Cualquiera diría una doncella de las que se extasían hojeando libritos de poetastros amanerados o de filósofos de pacotilla editados en tapas de raso inglés bordado en rosa pastel —ñoñeó la voz.

—Admiro la poesía. La poesía salvará al mundo de la bestialidad. En cuanto a la filosofía... La excesiva hostilidad pone a la filosofía en peligro. Estará al corriente del pirata filósofo, el más brillante de todos, Bellamy, el hombre de la utopía. El que más se aproximó a la idea de un bienestar social, de una igualdad...

—Sí, un poco conozco; estoy, lo que se dice, al tanto. Resulta interesante, pero ¿quiere saber lo que pienso al respecto? El mundo seguirá comportándose tan bestia como se porta hoy por hoy, y cuidado que en el futuro no sea peor. Ya me dirá usted que el hombre será capaz de cambiar el curso de las barbaridades con sus inventos. ¿Y si de estos inventos se apoderan los salvajes? Hablo, como supondrá, de los poderosos. De todas maneras moriremos, y creo que, antes de deambular en las nubes imaginando que el hombre se inquieta realmente por la justicia impaciente por ganar un sitio honroso en la posteridad, deberíamos ocuparnos primero de vivir lo mejor posible. ¿No son los demás egoístas? ¿No proyectan los poderosos hacerse cada vez más poderosos? No veo por qué hemos de reaccionar como tontos. Allá cunde el terror, domina el caos, más que aquí... —hizo como si indicara a la tierra—. Nadie que tenga dos dedos de frente deseará vivir en el caos, muriendo de miedo, asediados por el asesinato y el robo en permanencia. ¿Qué se vive allá? Como única ley: impuestos, traiciones políticas, odio, desamor, y todo el mal regodeándose en salones hipócritas. Admito mi egoísmo, mi afán de venganza, mi imprudencia... El oro que les arranco no es, como ellos le llaman, el oro español, es el oro de los indios, el oro americano... Al enterrar el botín en sus costas no hago más que devolver una parte a sus propietarios originales... Algún día lo repartiré entre los pobres, cuando yo sea muy rica. Tan acaudalada que no deba nada a nadie, y que ningún idiota pueda venir a hacerme un cuento chino... Espero que cuando yo sea pudiente no me vuelva avarienta, y no me olvide de repartir. Aunque, ya sabe, el que reparte y reparte siempre se queda con la mayor parte.

—Bonn, está usted filosofando... Ahora mismo está teorizando...

—Váyase a la mierda... o ráyese una paja, puede que la leche se le haya montado a la chola y ande averiándole las entendederas. —Bonn hizo ademán de dejarle plantado, molesta a causa de que se había descubierto a sí misma cayendo en tópicos propios de institutriz inglesa de avanzada, lo cual despreciaba con toda su alma.

—Una última cosa, Bonn. ¿Y la paz? ¿No le gustaría vivir en paz? ¿Casarse con una chica bonita, hacerle hijos, fundar un hogar?

—La paz, sí. Si fuese posible, capitán Johnson, sería bonita toda esa rebambaramba, un auténtico carnaval. Pero mientras los honrados se matan devanándose los sesos, dándole vueltas a la normalidad de la vida, preocupados por una familia a la que mantener y por el porvenir de los hijos, existen los bichos venenosos, los inmundos de malvada entraña recostados a las espaldas de los idealistas, forrándose con el fruto del esfuerzo de los humildes, tejiendo el odio, apañados en la sombra, empuñando la lanza de la maldad, jodiéndole a los infelices esa tranquilidad con la que usted sueña. Son los maníacos de siempre urdiendo patrañas, amparados por religiones, monarquías, guerras, o enmascarados con vulgares poses justicieras, o por el contrario sirviéndose para sus intereses de cuanta monstruosidad humana ande cociéndose en las cacerolas del infierno. Tuve una hija, a quien no he visto desde su nacimiento —trastabilló—, la tuve con una muchacha elocuente, y lo principal, de familia decente; me apena que mi hija no crezca conmigo, algún día sabrá el origen de la separación, y le daré amor y dinero. Será rica, no carecerá de nada.

—Me deja atónito, no esperaba de usted tales expresiones. No es más que un pirata...

—Eso le advertí. ¿Y qué? ¿Viandero le conviene?

—No es más que un pirata, pero manifiesta usted pasiones muy sutiles. ¿Calico Jack comparte esas opiniones?

—Capitán Johnson —penetró en sus pupilas con las suyas radiantes—, Calico Jack no es más que un sentimental, un altruista.

—Sí —guardó el cuadernillo en un sobre de tela brocada teñida con polvos de oro viejo, después lo introdujo entre la banda roja ceñida a la cintura y la camisa—, quizás sea el último de los piratas románticos. El pirata filántropo.

Justo entonces oyeron la potente voz de Jack Rackham impartiendo instrucciones de remontar la marea como quien perseveraba en el derrotero de las costas de Nombre de Dios, después arriarían el velamen con la intención de aminorar la marcha, y cortarían oblicuamente al noroeste, apaciguándole temores al *Santa Clara II*, ilusionándole con que bogarían hacia rumbos distintos. El fragor del océano ensordecía, la bruma espesó, y empañó las escotillas, ahumó las agujas de los sextantes, volvió ilegibles al sol y a la luna.

VII

—

¿No es de una extraña demora empezar
a vivir justo cuando se debe poner fin?

SÉNECA

Desde que Calico Jack vociferó la orden de orzar enca-
rando al viento, o sea, de embestir desafiando nueva-
mente al destino —según sus propias palabras— e izar el
estandarte negro, a relativa distancia (más bien corta)
del *Santa Clara II*, y que se suscitaron los cañonazos entre ambos navíos; y que una vez más la arboladura del
Kingston crujió zozobrante, y que alcanzó a observar de
soslayo a sus hombres, y a sus dos arrojadas mujeres, todos listos para el abordaje; desde ese instante, y similar a
un comediante que acecha entre telones el turno impe-
rativo de actuar frente a un público exigente; su piel se
erizó en sucesivos escalofríos, el vientre gorgoteó en retortijones, y por primera vez experimentó un miedo ina-
sible, la sensación inexorable de la pérdida, el valor del
vacío. Palpó el abismo, hundió la punta de su mano en
el espejo tramposo de la Parca. Otra vez, susurró histrió-
nico que enfrentaría a la sonsacadora Átropos, quien cortando el hilo de la infinitud, le juzgaría miserable, vil en
su pulquérrimo y angosto egoísmo. Dedujo que quizás
ésta sería la última vez que él ordenaría una matanza,
oh, sí, qué miserable, oh, Dios, no podía continuar haciendo de las suyas, manicheando y bravuconeando a

diestra y siniestra. Cesaría de una vez y por todas, de un golpe, basta de combates y refriegas. Pediría a Ann que se casara con él, aunque de manera simbólica, pues su mujer ya estaba casada y tardaría en que su marido accediera a anular el matrimonio. Amaba a su mujer, admiraba su coraje, y aunque las decisiones que ella tomaba casi siempre le hiciesen rondar el ridículo, inclusive hasta esos ingenuos desmanes le divertían, no se aburría con esa chica que tan bien puestos llevaba los ovarios, perdón, rectificó, los sesos; y ella y él unidos sabían conspirar sin ni siquiera mirarse, de nada más husmear la atmósfera. Ann Bonny, pese a su constante sirvengüenzura y brusquedad, desde su punto de vista era la mujer ideal. Por otro lado, Mary podría vivir junto a ellos cuanto tiempo deseara. Con Mary existía una diferencia novedosa, a la que él no podía dar explicación, una especie de dependencia insólita, dudaba de sentir algo más que deseo, y sin embargo, también se percató de que estaba necesitando más de la cuenta su constante proximidad. Mary Read, de una tosquedad delirante, sin embargo desprendía ternura y ardor de toda su luminosa humanidad; en la batalla había probado ser igual o más arrestada que cualquiera de sus más audaces compañeros. Su cálido cuerpo le fascinaba, no exclusivamente cuando unido al de Ann Bonny se entregaba a las caricias más tórridas y sublimes, sino también cuando la sorprendía durmiendo en el camarote, su desnudez estrujando las sábanas de seda azul añil, cual una danaide, parecía que nadaba ajena a la infamia, y le volvían loco sus pezones hinchados, rociados por la placidez de la mojada madrugada, el vientre meneándose a ritmo dulzón, y el pubis se asemejaba a la carnosa fruta de la papaya (de hecho, los cubanos le llamaban papaya al sexo femenino, y a las mujeres valerosas les decían «papayúas», como «cojonúos» a los hombres arrostrados, aunque este último epíteto deslucía en su esencia antimetafórica). Jack Rackham recurvó de sus pensamientos; debía retornar del ensueño, pronto se vería obligado a asumir la cruel urgencia, a afrontar el ataque.

Sólo se percibía el chirrido de las sogas en las poleas, el rechinar de las roldanas cuyo engarzamiento apenas resbalaba debido a la penuria de aceite, comido por el salitre que aherrumbraba los goznes. El pirata experimentó un leve temblor, también él se oxidaba, las rodillas no conseguían la lubricidad, se negaban a acuclillarse, los tobillos traqueaban al menor gesto, los pies adoloridos no se despegaban del suelo. Envejecía.

Un nuevo abordaje, barruntó el capitán con pereza, aunque abrió la boca como si fuese el hocico de una bestia inmunda y esbozó en silencio un grito más horrendo debido a su teatral enmudecimiento; sin embargo, fue el primero en impulsarse con la pica hacia la turbulencia provocada por la roña. El humo cegaba a los españoles, quienes se afrentaban injuriantes, rugientes en la leonesca defensiva. Y mientras procuraba dilucidar el misterio de por qué los de Castilla serían más escandalosos en la batalla que los italianos, con el hacha de abordaje en la derecha iba destrozando membranas, ligamentos, articulaciones, quebrando huesos, con la izquierda disparaba el trabuco haciendo blanco entre las cejas, desguazando corazones, desmoronando tibias, peronés, rodillas; también pudo observar cómo el enemigo le igualaba en destreza, estallando brazos, ensartando hígados, triturando cráneos. El terror invadió su espíritu agresor, sin dejar de batirse trató de abarcar con sus retinas la mayor cantidad de facinerosos peleadores, alborotando a su alrededor, todos desfigurados por el odio; en ambas embarcaciones pegadas, como cosidas, una a la otra pululaban cientos de diablos en una abominable caricatura de la hoguera final y del infierno. Buscó a Ann y a Mary, y no consiguió averiguar el paradero de las dos, sintió un vuelco interior, como si una mano secreta le halara desde dentro de sí mismo.

Conmovido, descubrió a Juanito Jiménez en el beque, acudió a socorrer al gaditano, le habían arrebatado la espada y el fusil, y para mantener la distancia el andaluz lanzaba abrojos de hierro afilado contra los tobillos y las pantorrillas de sus paisanos.

—Juanito, te dije que no estás obligado a luchar, puedes regresar a la cocina. ¡Son tus compatriotas! —Calico Jack se interpuso entre el auxiliar de mesa y un cabo.

—¡Coterráneos, mi capitán, son sólo coterráneos! —aclaró el joven—. ¡Yo soy pirata, mi patria es la mar!

—¿Has visto a Read y a Bonn? —El capitán casi resbaló en un charco de tripas y excrementos.

—¡Allá arriba, hace un rato, las vi colgadas de los mástiles, fajadas como dos monas, a las que los cazadores irán a arrebatar la prole!

Calico Jack lanzó una de las pistolas a su compañero, y después de atravesar el cuello de un contrario, le desarmó e hizo señas a Juanito Jiménez para que atrapara en el aire la cimitarra. Rebuscó en las alturas, Ann Bonny, enganchada de una mano solamente, guindada al vacío, continuaba batiéndose contra el comandante del brulote. El tipo se hallaba muy cómodamente parado en sus dos pies encima del palo, jugueteando con su presa como si manipulara una marioneta. El pirata apretó los párpados al ver que el comandante se disponía a cortar de un sablazo los dedos aferrados de Ann Bonny. Los abrió esperando contemplar el peor espectáculo de su vida, pero quien caía tieso y en picado al océano era el comandante gracias a que Mary Read, situada detrás del hombre, y haciendo gala de su magnífica puntería, le hizo estallar la Silla Turca ejecutando un balazo a través de un agujero del ondeante Jolly Roger. Read socorrió a Bonn, extendiéndole la mano tiró en peso de ella, ayudándola a que se irguiera. Colocada junto a su amiga en el maderamen, hicieron equilibrio rehuyendo el tiroteo, lograron descender, y muy rápido se hallaron al mismo nivel que el resto de los combatientes.

En medio de la batalla, y por el espacio de varios segundos, Ann Bonny se sintió angustiosamente sola; en la embarcación vacía, doblada sobre babor a ras de mar, dominaba un silencio sepulcral. Entonces tuvo una alucinación, el encrespado oleaje se había transformado en una monumental masa roja y viscosa que crecía a desproporcionada lentitud, encimándose a ella. Por tierra yacían Jeanne de Belleville y sus hijos, degollados, tintos en sangre. Y ella observaba todo eso como a través del agujero de un bocal, o como si hubiese hundido la cabeza de nuevo en el remolino de la cerveza concentrada en un barril.

El pirata acudió ligero a su encuentro, en el camino recibió la cortadura en la mejilla de un puñal que pasó rozándole, y que fue a encajarse en el hombro de Carty.

—¡Amor mío, por un tris me salvé de guindar el piojo! —le informó Ann resoplando, sin dejar de batirse.

—¡Lo vi! ¡No me dio tiempo, lo siento! —se excusó el pirata, tratando de destrabar la espada envainada en el costillar de un soldado.

—¡Si no hubiese sido por Read, no estaría jodiendo a éste! —rebanó de un golpe la mollera, dejando la masa encefálica a merced de la impiedad del achicharrante sol.

Read, por su parte, se batía contra tres vehementes espadachines, a uno lo apartó de un balazo que le destrozó el pie, al segundo le dejó sin cara llevándose de un sablazo la frente, las pestañas, la nariz y los labios, al tercero le macheteó el torso dibujándole un titafó en las paletas.

—¡Fuego, fuego! —vociferó el pirata, y las antorchas se multiplicaron.

El navío empezó a arder, pero los españoles renunciaban a rendirse, continuaron batiéndose abordando entonces a su turno el galeón pirata. Para colmo, a uno de los oficiales, con toda evidencia el que dirigía la maniobra, se le ocurrió una salvajada, la peor de las ideas. Más que suponiendo, dando por sentado que el tesoro era tan o más importante que las vidas de sus subalternos, dividió a sus camaradas, y envió a una buena parte a recuperar el cargamento al brulote en llamas para que luego condujeran la mercancía al *Kingston,* confiando en que la otra mitad de sus hombres alcanzaría en breve vencer a los piratas; más tarde se apoderarían de la embarcación y la harían suya, tirarían por la borda a los filibusteros y se darían a la fuga a bordo del *Kingston.* Desde luego, Jack Rackham sonrió:

—Magnífico, el muy estúpido nos está facilitando el trabajo.

Como, en efecto, una vez que el botín estuvo a salvo en la cubierta del *Kingston*, los españoles mostraron serias debilidades. El abusador esfuerzo ocasionado por el transporte había fatigado a unos, y los que peleaban sin duda se sentían desmoralizados por haber perdido el *Santa Clara II*, y para colmo haber sido abandonados en aras de salvar prioritariamente nada más y nada menos que la mercaduría, en el preciso momento en que sus vidas peligraban, aunque continuaron peleando sin dar su brazo a torcer, pues la terquedad los hacía imaginarse, tarde o temprano, vencedores.

Por el contrario, la presencia de los cofres de madera preciosa, o cuero, tachonados en clavos de bronce propulsó a extraordinarias dimensiones la moral y la fuerza de los desalmados bribones que asediaban a los marinos del *Santa Clara II*.

Triunfaron los piratas; para colmo de bienes, el botín no medía en calidad e importancia exactamente lo que el capitán Charles Johnson había predicho sino que en estimación cuantitativa sobrepasaba las expectativas: pedrerías entre las que se encontraban diamantes, perlas, esmeraldas, rubíes, zafiros, aguamarinas, turquesas, lapislázulis, bolsas de monedas de oro y de plata, botijas de ron, pellejos de vino, penachos reales robados a los caciques indígenas asesinados, y un bien preciosísimo, considerando sobre todo la poscontienda: el botiquín quirúrgico, un armario de caoba abastecido de medicamentos y remedios; además de baúles repletos de elegantes vestuarios masculinos y femeninos. Para los piratas que, en revancha con los bucaneros, se consideraban ultraelegantes, y cuidaban minuciosamente de su aspecto, e imponían inexorablemente su hiperbólica vanidad ante cualquier otra afrenta, aquellas prendas y maquillajes les vinieron de perilla, cual don divino.

Los tiburones dieron cuenta, en razón de dos horas, del colosal banquete que significaron las víctimas; y los prisioneros fueron encerrados temporalmente en el pañol de la jarcia, hacinados junto al bodegón, en espera de convencerlos mediante torturas y engaños de que se unieran a los filibusteros, o simplemente, en caso de que se negaran a contribuir a la piratería, con el fin de abandonarlos en un cayo desierto. La tozudez propició lo último. Salvo un joven soldado inglés de nombre y apellido Matt Sinclair, y otro holandés, Hug Valmer, que se animaron a sumarse a Calico Jack, el resto, o sea, los españoles, se negaron a engrosar las filas enemigas, pese a los abusos y chantajes a que fueron sometidos. Desamparados a su suerte, naufragaron en un islote de arenas muy nítidas, en un precioso atardecer de la sofocante primavera de 1720.

Asaltando la balandra *Niña Esther*, los piratas no sólo lograron nutrir el mito quimérico y su concreto objetivo, avituallarse de agua, vino, ron, cerveza y miel, sino que una vez exterminado y apresado el equipaje, usaron la balandra para transportar el botín anterior y el recién adquirido a una de las islas previstas para el enclave. Con el ataque al *Sefaria* y al *Dionisio*, se apertrecharon de perlas, carnes y pescados salados, y toneles de ron. Jack Rackham gozaba, sin embargo, neurótico, de la victoria, y antes de guardar en la caja fuerte de su camarote los planos atesorados besó fuera de sí los rollos de pergamino y rogó al cielo que sus sueños se cumplieran a cabalidad, y añoró devenir el hombre más poderoso del Caribe.

Al *Sans Pitié* no fue difícil desarbolarlo; uno de los esclavos moros se agenció frascos de opio y emborrachó a la tripulación entera, incluidos los papagayos, con el fin de liberar a los negros y a los demás moros de las cadenas opresoras; pero no le dio tiempo de persuadir a los presos de ahorcar con retazos de seda a los franceses y holandeses. Los esclavos, desvanecidos, tumbados en tremenda pea colectiva, pues sufrían tanto de sus llagas y cicatrices, que antes de llevar a cabo la venganza, se abalanzaron en tropel a los frascos de opio, lo que dio por resultado un buque drogado hasta la cocorotina. ¡Oh, piedad! O mejor, *opio dad*, haciendo honor a su emblema*: Sans pitié.* Para el *Kingston* darles caza aconteció como dice el dicho: simple trámite de bordarle el refajo a la vieja y paralítica duquesa.

En posesión de semejante tesoro, al que en corto plazo podría añadir amplias ganancias de las ventas de negros y moros, Jack Rackham juzgó que probablemente se aproximaba la hora de su retirada, mejor dicho, jubilación, de los trajines de la piratería, y se dispuso a pagar equitativamente al equipaje haciendo uso de un gran sentido del equilibrio, nunca más emblemática resultó la balanza como símbolo de la justicia. Aunque él siempre hallara la manera de premiarse con el más suculento trofeo. Para ello se apoyó no sólo en el reglamento, además en las opiniones de Bonn, Hyacinthe, Read y Corner; con lo cual cada filibustero recibió contento su justa parte del botín, sumándole propinas y agasajos, en dependencia de la mayor o menor participación de cada quien durante los asedios, y según el mejor o mediano nivel de comportamiento. Aquel cuya disciplina dejaba bastante que desear no cogía ni un penique prieto partido por la mitad. Pero, en general, pocos habían caído en errores y desobediencias graves, salvo Nemesio y Butler, cuyas vulgaridades en la manera en que se ensañaron uno en contra del otro fueron muy pronto borradas del noble espíritu camaraderil del entorno.

El *Kingston*, engalanado, festejó durante tres noches seguidas, sin mediar reposo, emborrachándose, comiendo opíparamente, bailando al compás de una arpa que los piratas habían mudado de una de las balandras, cantando a voz en cuello en compañía de un eunuco tuerto que con exquisito galillo de castrato la emprendía con aquello de:

> *Las negras Tomasa y Rosa*
> *Nacieron en el manglar;*
> *Cuando se tercian la manta,*
> *Nadie las puede tachar.*
> *¡Vaya dos negritas!*
> *De la pipa son;*
> *Cuidado, mi hermano*
> *Con un resbalón.*
> *Para el que las mira*
> *No haya piedad,*
> *Y si se descuida...*
> *¡No hay novedad!*

El equipaje hambriento de orgías clamaba ansioso por fondear en un puerto; ebrios lloraban, canturreaban, se retaban, mentían, anhelantes de malgastar las riquezas en las tabernas y en los florecientes burdeles. Su capitán arengó prometiéndoles en breve el paraíso lascivo, y la quimérica complacencia de un simbólico chorro naciendo de una fuente desbordante de aguardiente. Los filibusteros prosiguieron alborozados, entonando melodías que hacían eco en las cimbreantes cinturas de las enamoradizas sirenas.

Cuando arrastran la chancleta
Y a un lado tercian la manta,
Nadie delante se planta
Porque pierde la chaveta.
Cuando salen a paseo,
Cautivan los corazones;
Si yo alguna vez las veo,
Me dan malas tentaciones.
Con sus argollas de plata
Y sus medias de colores,
Si se pone una bata...
¡Ay, Dios mío, qué sudores!
¡Ay, Dios mío, qué sudores!

Juanito Jiménez, entre los más armónicos, viraba los ojos en blanco, suspiraba, elevaba sus manos piadosas en dirección al cielo estrellado, suplicando para que Hyacinthe reparara en la algazara de su jubilosa consistencia erótica.

Ann Bonny, Mary Read y Calico Jack conversaban arrumacados, después de templar durante horas las cuerdas del antojo. Ann anunció que se sentía de nuevo muy enamorada, opinó que debía dejarse de melindres, ser sincera y no ocultar cuánto amaba. Entonces declaró su amor a Mary posando un ingenuo beso a raíz del cabello. Calico Jack también aseveró que le embargaba un raro e inédito apasionamiento por Mary. Y nada más. La halagada sonreía con los ojos achicados de gusto, seducida ante la impetuosidad de las confesiones.

—Yo también los amo. —Y se tapó la cara con ambas manos en gesto tímido.

Bonn separó los dedos de su chica.

—Di, Read, ¿a quién quieres más?

—A ambos —respondió, juguetona.

—No, no hagas trampas, debes sentir preferencia por uno de los dos.

—Te prefiero a ti.

A Calico Jack no le agradó demasiado la respuesta y, contrariado, se viró hacia el lado opuesto de la cama. Él, que se esmeraba deshaciéndose en atenciones con Mary, e inclusive le había obsequiado la perla más grandullona del botín, y ahora resultaba que la muy zangandulla prefería a su mujer. A la enojosa Ann tampoco le placía que Calico Jack sonriera de manera tan estúpidamente dulce y diferente a Mary, de hecho no le reconocía esa tonta sonrisa sin precedentes, entre derretida y castigadora, empeñado en querer relucir su amor por encima del de ella. Y cuando había sabido del regalo de la hermosa perla empezó a morir de celos. Mary, sin embargo, no mentía, a solas le había dicho que la prefería a ella, y delante de Calico Jack reafirmaba su pensamiento. Pero, a la hora de los mameyes, nunca una hora ha sido más propiciada y provechosa —llamada así por los cubanos cuando los ingleses vestidos de rojo y negro similares a unos ridículos y apolimados mameyes atacaron el puerto de La Habana—, cuando Calico Jack se desvestía y aireaba sus sustanciosas partes liberándolas del célebre calzón rojo rayado en negro, a Mary se le desviaban los ojos para la tranca lisa y estirada del pirata, y enardecida salivaba por las junturas de los labios. Mary, desguabinada ante el encanto de Calico Jack, no cesaba de lamer y de chupar, aunque no era menos cierto que también se babeaba ante el divino pecho de su amiga Ann. Y por otro lado, Bonn amaba con todo su corazón a ambos —así se dijo, aunque detestaba la palabra corazón—, pues consideraba que tanto Calico Jack como Mary Read habían sido revelados y conquistados por ella. Ella los había reunido. La tríada constituía una de sus obras más perfectas. Calico Jack, sin embargo, derretido y licuado de amor por su mujer, moría de adicción por Mary Read.

—¿Qué piensan si pedimos el perdón al gobernador Woodes Rogers y nos retiramos a cualquiera de las islas de Las Bahamas? —preguntó Calico Jack con las cabezas de ambas descansando en sus musculosos brazos, y los muslos de ellas cruzados encima de cada pierna suya.

—No es mala idea. Yo estoy tan cansada de guerrear, de fastidiar a la pobre gente —musitó Read.

—Aún no somos tan ricos —protestó Bonn, pero en seguida recapacitó ante la dura mirada de su marido—. Claro, yo haré lo que ustedes digan, si me prometen que no viviré nunca más en la humillación, que no careceré de nada. Y que podremos vivir de nuevo junto a nuestra hija, Calico Jack. Claro, tendríamos que liquidar a James Bonny. Mi viudez solucionaría el lío del trueque.

Convinieron en analizar el asunto entre los tres, con mayor tiempo y claridad. El amor les devolvía las ganas de vivir en la tierra, cumplirían la cita con una añorada perspectiva del paisaje, soñarían distinto, con más exactitud, porque en la mar no existe la frontera entre la monotonía y los sueños. Volvieron a fundirse en un abrazo, rastreándose de la cabeza a los pies, penetrándose con la lengua, y con el succionado mástil de nervios y fibras, hasta la saciedad, si es que la hubiere.

Charles Johnson anotaba incesante en el cuadernillo, tumbado encima de un almohadón de guata, en una esquina de su cabina, en el momento en que el joven inglés Matt Sinclair se le acercó con la intención de averiguar sobre Read. Sinclair afirmó que le inundaba una ligera impresión de haberle visto con anterioridad, quizás en una taberna, o en un lupanar de los suburbios londinenses, o quién sabía si... Tal vez en la campaña de Breda. Charles Johnson confirmó que bien podría haber sido en cualquiera de los sitios mencionados, pues Read había pernoctado en todos ellos.

—Read, eh, Read, ven a ver, puede que aquí haya un viejo amigo tuyo —el capitán Johnson solicitaba la cortesía de la filibustera.

Se hallaban junto al balconete de estribor, Read probaba su suerte agitando y volcando los dados, aunque sin dinero, pues estaba prohibido jugar cubilete al interés, rodeada de Davis, Corner, Howell y Fetherston. Un poco más allá, distanciados por varios barriles de aguardientes, Dobbin y Harwood testimoniaban de un pulso echado entre Juanito Jiménez y Hyacinthe, como por azar siempre vencía el malgache.

Read se volteó y estudió los rasgos del chico, ninguna familiaridad; no experimentó emoción alguna, ni el más mínimo recuerdo.

—¿Cómo te llamas? —Read se levantó de la mesa y recurvó hacia el que ya ella consideraba un intruso.

—Matt Sinclair —el joven extendió la diestra, y Read apretó una delicada mano temblorosa, resbaladiza como una sardina.

—¿Qué edad tienes? —inquirió de nuevo.

—Veinticinco; en fin, los cumplo dentro de un mes.

—No pudo ser posible que nos conociéramos, soy mayor que tú.

Charles Johnson se apartó, y ellos pasearon solos.

—He dicho al profesor Johnson que dudaba si te conocía o no. Es mentira; en realidad nunca te vi antes, pero deseaba entablar conversación contigo, a solas.

Read avizoró el riesgo y se puso en guardia.

—Charles Johnson no es profesor. Es sólo un pirata loco que anda diciendo que es escritor. Aunque no estaba tan turulato cuando trajo la información que tanta fortuna nos ha proporcionado...

—Read, me gustas. No es la primera vez que enloquezco por un hombre. Pero, en verdad, ¿sabes?, no soy tan ducho en estos menesteres, más bien soy instintivo, fíjate que anteriores a ti sólo hubo dos. Te he seguido durante días, pendiente de cada movimiento tuyo, y sueño que acaricio tu piel, no puedo dormir, soñando con tu piel...

—¿Has bebido? —cortó en seco—. No te sobrepases conmigo, te puede salir el tiro por la culata.

—Para poder decirte todo lo que te digo, ¡claro que me he bebido un quintal de cerveza!

—Derrochador, por además —criticó Read.

Matt Sinclair empezaba a caerle simpático, y para colmo ella picaba justo en la edad en que los piropos ponen a bullir las hormonas femeninas.

El chico rozó adrede el dedo meñique con el suyo, y cinco minutos más tarde ya le había cogido la mano. Read no le rechazó, y comentando que hacía más calor que de costumbre desabrochó los primeros botones de la camisa, dejando entrever la piel natosa y fina de su garganta y el hundimiento de sus pechos.

—¿Eres una hembra? —Matt Sinclair creyó enloquecer, pero no de alborozo, más bien de desconcierto pavoroso—. A mí me van más bien los varones. Pero da igual si eres hembra. Tú me has gustado.

—Salvo ese ineludible accidente, o sea la raja entre mis muslos, el resto en mí responde más a chico que a chica. Si me lo propongo, y he pasado mi vida entera proponiéndomelo, puedo ser varón y hembra; y si aprieto la tuerca consigo ser más varón que hembra.

Matt Sinclair no supo hallar respuesta ante semejante depravación. Halándola obligó a que se recostaran ocultos detrás de los cañones en la santabárbara. Allí se besaron, se toquetearon los traseros (a Read la volvían loca los culos firmes y apuntando siempre hacia algún sitio divino), finalmente ella bajó sus pantalones, sacó una pierna de la pata de lino y de ese modo él pudo penetrarla sin el menor contratiempo: por detrás y por delante.

Anochecía, Mary recordó que del mismo modo se había enamorado de Flemind, de ahora para luego, de un minuto al otro. Pero aún no lo estaba de Matt Sinclair. Faltaría poco.

La luna llena iluminó esplendorosa. Cariacontecidos, debieron separarse, pues Read había prometido cenar con Bonn y con Rackham en el camarote del capitán, como todas las noches desde el inicio del acuerdo de la tríada. Matt Sinclair y ella quedaron en verse al atardecer siguiente.

En la cabina del capitán, cenaron ceremoniosos, lo cual intranquilizaba visiblemente a Bonn. El capitán no dejaba de contemplar con ojos de cordero degollado a la amiga, y de pintarle gracias, haciendo chistes más bien pesados, de los cuales Read se reía por *politesse* y buena educación. Bonn se sintió excluida, y estaba a punto de estallar en un siniestro ataque de celos cuando Mary, cortando delicadamente un trozo de salmón ahumado, relleno de langosta ripiada en escabeche, murmuró lentamente:

—Esta tarde conocí a un chico: Matt Sinclair. Se me ha declarado, hicimos el amor en la santabárbara. Y les cuento que me invade una opresión entre agradable y perturbadora, aquí, en el centro del pecho.

Ann sonrió, se llevó una copa de vino a los labios, pasó su lengua y limpió las gotas impregnadas.

—Eso es amor —remató.

—Eso es bobería —minimizó el capitán, evidentemente fastidiado.

Al día siguiente, y los demás, Mary volvió a juntarse con Matt Sinclair, y conversaron hasta el anochecer, pues les interesaba rememorar múltiples temas comunes: la infancia en Londres, los pequeños trabajitos para sobrevivir, el ejército, la guerra, las costumbres. Embebidos, se juraron amor, y en verdad Mary creyó el cuento del enamoramiento en un enigmático *coup de foudre*. Matt Sinclair se reprochaba no poder ofrecerle un porvenir a su amada, ya que había perdido sus pertenencias durante el asedio del barco en el cual viajaba por la tripulación pirata, pero ella puso un dedo en la sabrosa boca, acallándolo. Read le dio esperanzas, explicó que poseía sus reservas, que del tesoro enterrado le pertenecía una proporción exuberante, y que si Matt Sinclair lo deseaba podían casarse en ese mismo instante, poniendo como testigos a la luna —ya que se desbordaba del cielo—, a las estrellas, a la rapaz siguapa nocturna...

—Y al capitán Johnson —musitó la voz del escritor—. Me lo temía, Read, me temía que tú no fueses realmente lo que aparentabas. No importa, no alberguen temor alguno, podrán contar con mi discreción.

Y de este súbito e insólito modo fueron considerados casados. Read juró por tercera vez en su vida con la mano puesta en la Biblia, la primera cuando se casó con Flemind Van der Helst, en el apogeo de la campaña de Breda, la segunda cuando prometió a Calico Jack que sumaba su esfuerzo de soldado a la tripulación en calidad de pirata, y ahora, vibrante en la eternidad de un segundo.

Acudió muy feliz a detallar el acontecimiento a Bonn y a Calico Jack. Desde hacía algunas tardes que no llegaba puntual a la cita con sus amigos, por culpa de andar en las nubes, retrasada, entretenida en su, más que amoríos, amor en serio.

—Me he casado —zanjó resuelta.

—¿Sí? Qué alegría. Felicidades —pronunció lacónico el capitán—. ¿Con quién, si se puede saber, con el tal Matt Sinclair, el inglesito bobo de la yuca?

Read afirmó, sorprendida de descubrir a Bonn tan triste.

—No es nada bobo. Es más bien extraordinario. ¿Y a ti, Bonn, tampoco te agrada la noticia?

—Ahora dejarás de venir. Ya no nos amarás como antes —se lamentó Ann, el tono seco.

—¡Se equivocan! ¡Yo los sigo queriendo! ¡Nada ni nadie acabará con lo nuestro! ¡Ni siquiera mi historia con Matt Sinclair! —Read los tomó de las manos—. Entiéndanme, ustedes son una pareja, yo soy la invitada...

—¿Tú te sentías *la invitada*, sólo eso? —inquirió Calico Jack, a punto de estallar airado.

—Sin embargo, querida, últimamente Calico Jack te dedicaba más tiempo a ti, y no exclusivamente cuando hacíamos el amor. Cualquiera hubiese dicho que ganabas el puesto de preferida. Ahora mismo para él eres lo más importante en este galeón.

—Bonn, amada amiga mía, no es cierto. Sabes que te equivocas, o lo haces a propósito. —Read besó la punta de sus dedos.

—¿Pero, Ann, no me vayas a decir que estás celosa? —Calico Jack prosiguió, ostensiblemente bravo—. ¡Tú, y tus malditos celos! ¡Por tu culpa Read se ha ido a buscar otro marido! ¡Le hacías sentir como *la invitada*! ¡Nunca pudiste admitirla realmente en nuestra familia!

Ann, irritada, se levantó bruscamente de la mesa y cruzó el umbral de la portezuela para ir a llorar a su cuarto. Mary reposó la servilleta en el regazo, los párpados entornados:

—No, hombre; no enredes más la pita con semejantes sandeces. Quiero que sepas, Jack Rackham, que no me fui a buscar marido. Apareció solo, porque tenía que aparecer, y no me arrepiento. Perdona mi torpeza, *la invitada* no es la frase correcta, admito que me ciega el egoísmo. Vuestro amor posee antecedentes, nadie alterará toda esa historia en la que yo no participé; no es menos cierto que llegué de última, y pese a eso nunca me sentí en desventaja por semejante razón. Pero, hombre, deseo vivir mi propia historia de amor, revivir la magia de la pareja, reaccionar por mí misma, con mis anhelos. ¿Podrás entenderlo, no? —El pirata afirmó con las pupilas llorosas—. Yo te amo, Calico Jack, tú eres uno de los seres más sensibles que he conocido. Y amo a Bonn, y no me gustaría verla sufrir por mi culpa. Ven, vamos a buscarla.

Calico Jack estrechó a la amante con ternura. Y en esa madrugada reconciliadora no hubo nube sombría que entorpeciera la sinceridad y el frenesí de la tríada.

Muy temprano, el cielo despejado clareó luciendo veteados tintes anaranjados, Calico Jack reunió a la tripulación y mediante un conmovedor y sucinto discurso informó de que estaba casi decidido a abandonar la piratería, de que invocaría el perdón a las autoridades de Las Bahamas con grandes esperanzas de que le fuese concedido, puesto que contaba con magníficas relaciones que le apoyarían en su anhelo, y una vez con el permiso correcto en su poder, desaparecería muy pronto de los mares. Los hombres acogieron la noticia con enorme pesar, la melancolía se apoderó de sus ánimos; aunque poco después, intuyendo que se trataba de una decisión de su capitán pensada al vuelo, producto quizás de una mala resaca, en lugar de darle demasiado coco al asunto, le restaron importancia, abrieron un montón de toneles de ron y se emborracharon hasta patinar en vómitos y grog.

Uno de los beodos llamó «jovencito caprichoso» a Matt Sinclair, dando a entender que se rumoreaba de su retorcida amistad con Read, y que corría el runruneo de que tanto él como su amigo gustaban de sobarse y zarandearse los rabos, allá, en vuelta de la santabárbara, y mencionaron como testigo a Harp, el segundo timonel sustituto. Charles Johnson se colocó en posición solidaria junto a Matt Sinclair. Pero el chico no estaba capacitado para la discusión verbal, al punto desenvainó el sable, a lo que el provocador secundó, ni corto ni perezoso. El capitán Johnson intermedió:

—No podrán ustedes combatir sin el permiso de Calico Jack. Sólo el capitán puede tomarse esas libertades. Los duelos, ya saben, los duelos deberán librarse en tierra, sin excusa ni pretexto.

Read fue enterada por Juanito Jiménez mientras asistía al capitán y a Ann Bonny a la redacción de la carta dirigida al gobernador Woodes Rogers, abandonó a sus amigos y compareció ante el lugar de los hechos. Apartó a Matt Sinclair y enfrentó corajuda al energúmeno borracho.

—El duelo no será con Matt Sinclair —intercedió—. Tendrás que vértelas conmigo. Y eso sucederá en el primer cayo que nos topemos.

Más tarde, y en privado, Matt Sinclair se reviró, no aceptaría que ella, una mujer, tomara las riendas en su lugar, de ninguna manera admitiría ser considerado un cobarde. Read le acalló con un beso:

—Está bien, amado mío. Juro que te dejaré hacer a tu antojo —mudó su aspecto por uno menos fiero, diría que casi rayano en lo sumiso—. Pero tampoco me iré así como así de tu lado.

En la arena reverberante de un islote desierto tuvo lugar el ceremonioso duelo. Únicamente descendieron del buque Charles Johnson, Hyacinthe, Juanito Jiménez y los piratas Pearl, Cherlston y Ludovico, el italiano, con quien se desenvolvería la pelea. Astutamente, Read se las había arreglado para que Calico Jack autorizara el duelo en su nombre, y no en el de su esposo. Si Matt Sinclair desobedecía, perdía el derecho a regresar a la embarcación, aunque fuese él quien saliese con vida. No quedaba otra alternativa que permitir que fuese Read quien le representara en su nombre. Ludovico quedó al campo en menos de lo que canta un gallo; su cadáver, arrastrado y abandonado al borde de un riachuelo, fue devorado ipso facto por las insaciables pirañas.

En cambio, a partir de ahí, Matt Sinclair, retraído, expresó su descontento con la decisión de su mujer de reemplazarle en el enfrentamiento, y maniobró de la manera menos esperada: alejándose de ella, negándole la palabra, ignorándola. Porfiado, endureció su terquedad, y abstraído en el complejo de no haber podido comportarse similar a un caballero delante de Read, y que a la inversa, había sido ella quien le daba la lección del *gentleman*, se recalcó que para hombre él, y nadie más, o ninguna más. Por mucho que Mary Read intentó dorarle la píldora, excusándose, usando todos los piropos y las lisonjas inimaginables, Matt Sinclair, reacio y majadero, ni siquiera se mostró capaz de aceptar sus explicaciones, las cuales, sin duda, echaban aún más a perder sus relaciones:

—Sinclair, querido mío, debo reconocer que hice esa pequeña trampa, porque es evidente que me manejo mejor que tú como espadachín, no iba a dejar que te mataran. —Ahí le tocó oír el reproche de la humillación.

—¿No te das cuenta de que tú me rebajas como soldado y como pirata? —Matt Sinclair masticó roñoso la pregunta.

—Sólo quiero que me contestes una cosa: ¿no sospechabas al inicio que yo era macho? ¿No me confesaste al saber que yo era mujer que tú preferías a los chicos? Pues bien, si yo hubiese sido varón y mejor esgrimista que tú, ¿lo habrías soportado?

Entre ellos la apatía y la culpa edificaron un largo y profundo silencio. Tan largo que nunca más se prodigaron ni un sí ni un no. En los vaciados ojos de Matt Sinclair, el horizonte reflejaba un rencor ancestral. Desde entonces, las manos de Mary Read se pusieron a temblar, un escalofrío se instaló perenne en su estómago, y empezó a padecer mareos e intempestivas oleadas de sofoco y erizamientos. Es la mueca del miedo —pensó—, debe de ser el odio, agrediendo oculto. La envidia paralizante, su pavor que mata imitando inocencia; sin duda es la ironía malsana de los que confunden decencia con decoro, y pudor con honestidad.

> *Oh, I thought I heard the old man say*
> *Leave her, Johnny, leave her*
> *Tomorrow you will get your pay*
> *And it's time for us to leave her*
> *Leave her, Johnny, leave her...*

Mary Read escuchó la canción de los marinos en un coro compuesto por las voces de los negros, de los moros y de los filibusteros: *Me pareció oír al viejo decir: Deja el navío, Johnny, deja el navío. Mañana te habrán pagado. Y ya es hora para nosotros de largarnos. Deja el navío, Johnny, deja el navío... Puesto que el viaje ha terminado y los vientos ya no soplan, y ya es hora para nosotros de largarnos. El trabajo fue duro y el viaje fue largo. Antes de irnos cantaremos este canto.*

> *Oh, pray may we never be*
> *on a hungry bitch the likes of she*
> *Oh, the rats have gone and we the crew*
> *For it's time my God that we went too.*

Mary Read cruzó los brazos y fue resbalando la espalda por una viga hasta dejarse tumbar en el suelo, en cuclillas, recogiendo su cuerpo en posición fetal. Muy pálida, agotada; harta de pujar todas esas palabras agolpadas en el pecho desde la muerte de su hermano, y que, trabadas en la garganta, estrangulaban su franqueza, hurtándole el aliento y la honradez, ahogándola, como si el descomunal pie de un coloso pisoteara su cráneo contra las rocas en el fondo del océano. Todas esas palabras, obligadas a olvidar: «Eres una mujer, tú eres una mujer. Deberías amar en paz.»

VIII

Ver un Mundo en un grano de arena,
Y un Cielo en una flor salvaje,
Sostener el infinito en la palma de tu mano,
Y la Eternidad en una hora.

WILLIAM BLAKE

En vista de que después de un mes de enviada la carta —con el holandés Hug Valmer como mensajero, quien navegó en una de las chalupas robadas— en la que los piratas imploraban el perdón ninguna señal pacífica había sido recepcionada, y menos aún noticia alguna de que serían recibidos por las autoridades de Las Bahamas, Jack Rackham se empecinó en —ya que se hallaban muy próximos a la entrada de la bahía— internarse en el puerto e intentar relacionarse con los oficiales de mediano o bajo rango con el objetivo de averiguar en qué estado opinaban ellos que se estancaba el problema de su reclamo, y pedir consejos para decidir cómo y en qué momento deberían actuar si urgía emplear la fuerza, antes de exigir o comprar la tan codiciada indulgencia.

—No se lo recomiendo, capitán. —Charles Johnson tamborileó los dedos encima de la mesa de nácar donde jugaban a los dados—. No se lance, patrón. Le daré una última información que le será de suma utilidad. Woodes Rogers es capaz de cortarse una mano por echarles garra a usted y a los suyos...

—Si se la corta, ¿con qué mano le echará garra? —bromeó Ann Bonny, apoyada en el hombro de Calico Jack.

—Con el garfio, Bonn, con el garfio. Acérquese a las costas, si usted insiste, acérquese, pero sea prudente, recuérdelo —aconsejó obsesionado el pirata escritor—. A propósito de garfio, tengo un chiste: un corsario ve a otro con el ojo recién herido y, pues claro, tapado, y le pregunta: «¿Qué pasó? En el abordaje, que sepa yo, lo que te cortaron fue una mano. ¿Qué te ocurrió en el ojo, lo perdiste también en la pelea?» Y el aludido responde: «No ha sido en la pelea, me picaba el ojo y me lo rasqué, figúrate, era mi primer día con el garfio...»

Estalló la carcajada, interrumpida al poco rato por la seriedad del comentario de Mary Read.

—No podemos olvidar a los negros y a los moros, ¿qué hacer con ellos? —Daba paseíllos de una esquina a otra del pañol de la jarcia, el puño apretado en la cazoleta de la espada, obsequio de Juanito Jiménez.

—Arrojadlos al agua —solucionó Bonn.

Tanto Jack Rackham como el capitán Johnson rechazaron la propuesta de Bonn.

—Has cambiado de opinión desde Cuba para acá, Bonn, allá no pensabas igual. Los mandaremos en la balandra a *La Jamaica*. Davis se ocupará. Las autoridades apreciarán el gesto, ahora que empiezan a dedicarse a perseguir la trata negrera, después de tanto haberse enriquecido con ella, ¿no digo yo que el mundo anda loco? Ja, ja, ja, ja. Y si no los quieren, conseguiré vender a los pobres infelices... —ironizó Calico Jack.

Charles Johnson extendió un viejo recorte de periódico a Ann Bonny. En él se anunciaba la resolución del rey Jorge I de Inglaterra de conceder el perdón de su majestad a cualquier súbdito de Gran Bretaña, a quienes hubiesen cometido en el pasado acciones de piratería en alta mar y ahora estuviesen dispuestos a rendirse ante los ministerios y las gobernaciones antes del...

—¡...5 de septiembre de 1718 de Nuestro Señor, o antes de esa fecha! —exclamó Ann Bonny—. ¡Pero estamos en noviembre de 1720, señor mío, *it's too late*!

El capitán Johnson agitó la mano en señal de que continuara leyendo:

—«Por la presente declaramos igualmente que toda persona que contribuya a la captura de piratas habiendo rechazado u olvidado de rendirse, asimismo que se haya precisado, recibirá una recompensa a saber de veinte a cien libras, según el grado o nivel... Dios salve al rey.»

—Eso quiere decir... —gagueó Calico Jack.

—Eso quiere decir que tanto Woodes Rogers como Charles Barnet, y habrá que añadir el «ilustre» nombre del polaquillo Abla Ción Montalbán, alias *Mantequita*, andarán como perros de caza, jadeantes y babosos, detrás de vuestra pista. Ojo al dato, y gatos ante el peligro, que no es de menospreciar...

El tiempo transcurría lento, varados frente a cabo Negril, el capitán deprimía de minuto en minuto. Hacia el mediodía, fastidiado hasta las ingles de depender de una miserable respuesta de un *cagado* gobernador, como él mismo le había denominado, pregonó que descendería a tierra. Él, por sus propios medios —léase por sus cojones—, conduciría el cargamento humano, y por más que Bonny y Read insistieron en que pacientara bajo la protección del navío, la testarudez de Calico Jack pudo convencer a sus amantes. De todos modos, Ann Bonny tenía prohibido pisar suelo, y aunque se había arriesgado ya una vez, prefería acompañar a Mary Read permaneciendo en el galeón, y en caso de que diera la casualidad de que la respuesta arribara en ausencia del capitán, ellas serían las encargadas de recepcionar el mensaje de Woodes Rogers.

Una vez plantados los calcañales en la arena de la playa, los eufóricos filibusteros, comandados por Calico Jack, trasladaron a los negros y a los moros a una suerte de cueva, con aspecto de trinchera; allí aguardaron bebiendo y aspirando opio, a que dos traficantes franceses los visitaran con el objetivo de elegir y comprar esclavos.

En la madrugada irrumpieron por fin: uno pequeño, calvito, bizqueante, con un aliento espantoso a perro muerto; el segundo, más bien lerdo, rudo, la nariz trazada con diminutas venas coloradas, ojos saltones, labio de abajo descolgado, el mentón reunido con la tráquea, de las axilas y de los pies emanaba un insoportable hedor, como exhalado de una montaña de cadáveres en la morgue abatidos por una devastadora epidemia diarreica. Los franceses acapararon salivosos a los negros y a los moros, aspiraron de los narguiles de opio, y se emborracharon chupando ponche junto a su anfitrión, el capitán Rackham, y con el resto de sus camaradas, hasta un poco más avanzada la media mañana.

Desembarazado de los esclavos, de los cuales se sentía responsable, y con un bulto considerable de dinero entre las manos, el pirata invitó a su grupo a unas chozas inmundas que pasaban por burdeles; en ellas trasnochaban las peores putas del Caribe: flacas, desnutridas, empercudidas, y o muy viejas y perezosas, o demasiado jóvenes e inexpertas. Se divirtieron bebiendo, templando más bestiales que los animales, y fumaron opio, hasta que cayeron derrumbados debido al provocado sueño y al malestar de la resaca.

A su regreso al *Kingston*, mecida la balandra por el rutilante oleaje, apenas distinguían borrosos los ribetes de los calafates, con ellos arrastraban a unos cuantos forasteros aún más ajumados que ellos. Arriba, atisbaron desenfocados al resto de sus compañeros, asomados a estribor, dándoles una pesarosa bienvenida.

—No hay noticias halagüeñas. ¡Maldigo este despertar! —Ann Bonny susurró malhumorada al capitán—. La flota de Woodes Rogers, con Charles Barnet a la cabeza, fungiendo de subcomandante, como podrás imaginar, nada más y nada menos que el mequetrefe de Abla Ción Montalbán, el piltrafa de Mantequita.

Montaron a cubierta los tres. Jack Rackham arrebató el catalejo a Corner. Y se encontró con el ojo de Charles Barnet encastrado en su propio catalejo. Cambió la dirección, más atrás, Abla Ción Montalbán, el pirata redimido famoso por su seudónimo, Mantequita, polaco oriental, traidor de los criollos cubanos, roía ansioso una mazorca de maíz, con la peluca de rulos cenizos virada de lado, y las gotas de sudor rodándole por los jarretes hasta el empinado cuello y la pechera de hilo. El capitán comprendió que, en lugar de un recado amistoso y pacífico, el gobernador expedía con aquellas naves un cartapacio de anticipadas actas de defunción. De súbito, un resorte seriado de hipos oprimió el pecho de Calico Jack, con la mirada vidriosa apuntó al horizonte, tambaleante por primera vez en su vida.

Charles Barnet no demoró ni un minuto ni gastó un sentimiento compasivo, enfiló el grupo de embarcaciones bajo su mando, formado por varios *sloop*, mucho más ligeros que el galeón, y con el viento a favor, y el destino en contra del *Kingston*. Podemos afirmar que los piratas no gozaban de su mejor momento, numerosas jornadas seguidas, entre abordajes, y recrudecidas esperas, demasiado extensas, durante las cuales sólo hicieron que beber y drogarse, habían terminado por desanimarlos, debilitarlos y defenestrarles la moral. Pese a que Hyacinthe había corrido a izar el estandarte pintado con la calavera dientuda y las dos cimitarras cruzadas, con el objetivo de impresionar al enemigo, asimismo había vociferado Calico Jack; una mediocre lentitud se había apoderado de los movimientos internos del galeón. Nada más fácil para los hombres a sueldo de Charles Barnet que asaltar el buque, arrasándolos similares a maratones de escorpiones brotando desde numerosos escondrijos inimaginables, embistiéndolos desde múltiples guaridas. Para colmo, la reminiscencia arrolladora del opio suele ser más duradera que la paliza y el estropeo del alcohol, y la mayoría de los piratas no alcanzaba a dar fe ni siquiera de en qué sitio afincaban sus calcañales. Fue el día que peor combatió Jack Rackham, cuando apuntaba a los sentidos de un enemigo la esfera de metal daba en un poste, o en un tabique, en una viga, a la que un segundo después el pirata pedía disculpas, trastornado por los efectos posteriores de los efluvios del narguile. Los únicos que realmente supieron mantener el arrojo, afrontando al enemigo hasta casi desfallecer, fueron Hyacinthe, Juanito Jiménez y, por supuesto, más que ninguno de ellos, Ann Bonny y Mary Read.

—¡Calico Jack, anímate, vamos, pelea, pelea! —Bonn pretendía insuflarle coraje, sin resultado aparente.

A ellas se debieron la cantidad de gargantas troncha-
das, los ojos huecos, las orejas desmochadas, las narices
desgajadas, las rodillas y los tobillos triturados, los costi-
llares astillados, las entrañas revueltas con los excrementos. Ambas miraban a su alrededor sin comprender, des-
concertadas, sombrías, sabiendo que el desenlace se
hallaba próximo, a la vuelta del camino... Su capitán
se rendía, los abandonaba, vencido. Desfallecido, hasta
más no poder. Entregándose con la mortandad que nadie habría sospechado jamás. Ido del mundo, exiliado
de su reino: la mar.

Encadenados los trasladaron a La Jamaica. Charles
Barnet mantenía la compostura, a pesar del soponcio de
alegría que le embargaba por ratos, debido a haber obtenido semejante ganancia. Por cada pirata capturado, cien
libras, a compartir. Abla Ción Montalbán, o sea, *Mantequita*, roía una zanahoria, mientras pegaba su mofletuda
cara a la cabellera en desorden de Ann Bonny.

—Me fascinan los bandoleros melenudos —farfulló
bizqueando y acumulando saliva grasienta en las comisuras de sus regordetes labios.

Pisaron la orilla mojada, y Ann Bonny experimentó un nerviosismo profundo, como un cosquilleo, un
corrientazo que le recorrió de la rabadilla, por toda la espalda, hasta el cuello. Tierra, playa, arena. Por fin, la
tierra. ¿Qué harían en ese instante Diego Grillo, Lourdes
Inés, y todos sus amigos de la hacienda cienfueguera? Recordó el cuerpecito de su recién nacida, y sus brazos
vibraron de ansias de abrazarla. Al rato, la boca se le contrajo amarga, y una ausencia terrible inundó de lágrimas
sus mejillas. Pero ahora se encontraba en La Jamaica, se
enteró, por lo que oía de las instrucciones impartidas por

Charles Barnet, de que serían conducidos a Santiago de La Vega, y probablemente se avecinaban los peores días de su existencia. Buscó con la mirada al capitán, le habían aislado junto a los piratas más renombrados en la lista negra de los perseguidores. En su grupo, amarrados en fila india, como mismo había anudado ella en tantas ocasiones a los esclavos; ateridos, aunque queriendo lucir impertérritos, se apiñaban en el orden siguiente: Hyacinthe, Juanito Jiménez, ella misma y Mary Read. *Pirata*, el perro del contramaestre Corner, y *Lucrecia Borgia*, la cotorra de Juanito Jiménez, desfilaron cabizbajos detrás de la comitiva hasta el final del trayecto.

En la ciudad de Santiago de La Vega los aguardaría la prisión, y más tarde el implacable juicio.

—¿Seremos ahorcados? —preguntó en voz baja Read a Bonn.

La otra negó con la cabeza altiva, esquivándole las pupilas, extendió las manos hacia atrás y acarició el vientre de su amiga.

—Calla, calla, yo estoy contigo —aseguró Bonn.

—¿Has visto a Matt Sinclair? —averiguó Read, preocupada.

—Sí, ha sido de los primeros, pero ni siquiera se ha tomado el trabajo de buscarte. Olvídalo.

—No puedo, no hago más que pensar en él, en ellos. ¿Y Calico Jack? —insistió Read.

—Mary —era la primera vez que la llamaba por su nombre de pila—, piensa en ti, querida mía. Nadie, más que tú, pensará mejor en ti. Y yo, que te quiero como a la vida mía.

—Yo también te quiero, Ann, mira, me gusta mucho decirte Ann... Pero yo amo a Calico Jack, y a Matt Sinclair, que es mi marido, como quiera que sea... ¿Has visto al capitán Charles Johnson?

—Como supondrás, el capitán Johnson no forma parte de los prisioneros, es uno de los agraciados, tú lo sabías, él solamente se había aliado a nosotros para ampliar las investigaciones, para su libro. Pero debe de andar cerca... Calla, Mary, por favor...

Read tragó en seco, sintiendo mucha sed, recordó igual que en la guerra, una sed que le estiraba las tripas hacia la lengua y exponía sus vísceras al calor polvoriento, una sed incontrolable que la hacía llorar sin lágrimas, de impotencia, sin poder abstenerse. En el sendero distinguió una hilera de framboyanes, las copas tupidas, y de un rojizo que se emparentaba con el del sol al atardecer. ¡Ah, qué majestuosos árboles! Entraron en unos edificios feos y viejos, y descendieron por peldaños resbaladizos y desiguales.

—Ann, en mi celda hay ratas, Ann, por favor, tengo miedo de las ratas... —musitó con los dientes castañeteándole.

—En la mía también las hay. Tranquila, Mary.

Un muro de piedra negra y mohosa las separaba, sólo se podían comunicar erguidas en puntillas de pie encima de un pedrusco, tocándose las yemas de los dedos a través de una ventanilla enrejada.

—Pedí que nos unieran, y me han dicho que lo consultarán con el presidente, no es seguro que nos complazcan.

El juicio se llevó a cabo a pocos días de su permanencia en las mazmorras jamaicanas, en Santiago de La Vega. El presidente de la corte del almirantazgo respondía al nombre de Nicolas Law, y los habitantes rumoreaban que su fama había sido de las bien janeadas a fuerza de ceñir filibusteros en los trajes de hierros, con semejante denominación más propia del mal gusto y de la nefasta premonición que de la alta costura, el patíbulo había ganado en celebridad, y a Nicolas Law los vecinos le reconocían con el mote del *Sastre del Cadalso*. Era de esos que no se andaban por las ramas, sino que aprovechaba la primera rama para formar con ella un nudo corredizo. Rodaba el chisme de que para esta oportunidad había conseguido aglutinar a testigos furibundos en contra de los bárbaros propietarios del *Kingston*.

Aquella mañana, en el reborde de la página, el secretario escribió: «Santiago de La Vega, 16 de noviembre de 1720.»

—Se inicia la sesión —bramó el presidente—, con los poderes que me son conferidos por la Justicia Divina y el rey Jorge I de Inglaterra... —Tosió con flema—. Me han dicho, tanto Charles Barnet, como sus subalternos...

A Mantequita, o sea, a Abla Ción Montalbán, le brincó un tic esquizofrénico en el cachete.

—... que a bordo del *Kingston* hallaron, además de la tripulación, a personas de La Jamaica que al parecer habían sido invitadas al barco en son de fiesta. Juzgaremos primero a los bandidos, luego nos ocuparemos de los mencionados. Mientras tanto... —hizo un gesto a uno de los guardias—, guardarán prisión hasta que encontremos una solución al delito que les hace referencia.

El alguacil, hombre menudo, uniformado y envuelto en una capa de paño negro que le arrastraba por el suelo, pisándosela a cada momento (de nada más verlo, la ferecía de calor abrumó a los presentes, y los abanicos empezaron a agitarse fustigando las pecheras de los hombres y las pechugas escotadas de las señoras), dio lectura a la lista de capturados:

—Jack Rackham, George Fetherston, Richard Corner... —*Pirata*, el perro, lloriqueó a sus pies cuando mencionaron el nombre de su amo con la inseparable cotorra encima del lomo lanudo—, John Davis, John Howell, Patrick Carty, Thomas Earl, James Doblin, Noah Harwood, William Harp, Arthur Lottó, Juanito Jiménez... —prosiguió enumerando filibusteros.

Hizo una pausa y elevó los párpados, observando a los acusados por encima de sus lentes.

—Su señoría... Dos de ellos no han declarado sus nombres de pila, uno parece no tener apellido. Bonn, Read, no escribieron sus nombres. Hyacinthe...

—*Sans Nom* —respondió el propio Hyacinthe.

—Eso lo sabemos de sobra, que usted no tiene nombre, hasta ahora... —comentó autoritario Nicolas Law—. ¿Por qué ha respondido en francés?

—Sans Nom es mi verdadero apellido, señoría, escrito en francés. Mi padre, galo de origen, nunca quiso reconocerme. Entonces mi madre se empecinó en inscribirme. Como ve, puso en el alta de nacimiento ese singular apellido: Sans Nom.

La sala aplaudió jubilosa, algunos en tono de mofa, otros halagando el gesto de la difunta madre de Hyacinthe.

—Veamos, veamos, ruego disciplina, por favor... —demandó el presidente—. ¿Bonn y Read desean aclarar esa ausencia de patronímicos?

Ambas titubearon, y por fin negaron con la cabeza. Como a nadie le importaba, siguieron de largo. Salvo para Nicolas Law, quien no por gusto formuló la pregunta en tono irónico, acentuando la duda. A su juicio la única razón por la que Bonn no declaraba su verdadero nombre no tenía otro origen y explicación que la de un tremendo secreto que haría retumbar de asombro al público de la sala. Sin embargo, prefirió postergar el plato fuerte para cuando estuviera más avanzado el proceso. En cuanto a Read, suponía que se trataba de un espía doble, y también frotó sus manos de gusto por debajo de la toga.

Enumeraron los delitos, desvelaron un recuento de los fatídicos pillajes, Jack Rackham intentó justificar, agregando que en variadas ocasiones había trabajado en acuerdo con la Corona... Al unísono, una exclamación de fingida sorpresa, mezclada con falsa ingenuidad, inundó el tribunal. Esta afirmación difamatoria —opinó el presidente— engrosaría aún más las fechorías de los piratas. Serían condenados a la horca. Juanito Jiménez tragó en seco, buscó de un lado la mano de Read, del otro la de Hyacinthe. Entre el resto de los piratas, algunos lloraban en silencio, los menos; los más mostraban una cierta resignación, o había quienes se hacían pasar por confundidos, y que aún no se enteraban de cabo a rabo de lo que acaecía en su entorno, y entonces se negaban a admitir los cargos que se les imputaban, y los impugnaban, descarados. Calico Jack trató de estrechar la cintura de su mujer, sin reparar en que podía revelar el secreto, sin embargo, no se inmutó cuando ella le rechazó; al hombre le vidriaban las pupilas, rabioso mordía sus labios con aquellos dientes magníficos, en sus retinas se diluía el mundo de caras extrañas que le rodeaba. La gente rica acomodada en las filas privilegiadas, o la gente pobre, sencillamente ubicada a lo como quiera, todos por igual empañados por un oleaje espumoso teñido de amarillo bijol, que cuadriculaba su pestañeante perspectiva en infortunado caleidoscopio.

—¡Un momento! —gritó Ann Bonny—. Este hombre es inocente...

Jack Rackham sabía que no se refería a él. Ni siquiera volteó la cabeza en dirección a la joven.

—Juanito Jiménez no es un pirata. Ha sido nuestro prisionero. Al igual que el cocinero, Arthur Lottó. Y Matt Sinclair... a quien usted, su señoría, no ha mencionado.

—Matt Sinclair ha declarado formar parte de los isleños invitados por el capitán Rackham a la fiesta a bordo. ¿Es cierto o no?

El joven Sinclair emergió de la multitud, y asintió con la vista clavada en la pared encalada. Ann Bonny meneó la cabeza de un lado a otro, dando a entender que no había remedio, Matt Sinclair se comportaba, cuando menos, como un cobarde. Tanto mejor, pensó. Mary Read calló, el mentón encajado en el pecho, fue levantando poco a poco la barbilla, el rictus amargo se había apoderado de su semblante. Juanito Jiménez y Arthur Lottó recularon con los hombros decaídos, arrastrando los pies hacia la puerta principal. Se hallaron en la calle, libres, sin ningún objetivo como no fuese el de rescatar a sus amigos, a la mayor brevedad posible.

—Por hoy hemos concluido. —Nicolas Law cerró el libro de un tirón, satisfecho con las reparticiones de los castigos.

—No, su señoría, no puede marcharse aún, y mandarnos así como así a la horca. Permítame reclamar su atención sobre mi caso y el caso de Read —la voz de Ann resonó quebrantada—, y le ruego que tome conciencia de nuestro estado.

Hubo un murmullo general cesado por un gesto autoritario de la mano del presidente. Charles Barnet frunció el ceño, Abla Ción Montalbán, *Mantequita* para los conocidos, paró de roer con sus puntiagudos colmillos la punta de una galleta de maíz. Nicolas Law prestó oídos, con gesto suspicaz arrugó la nariz, ajustándose los lentes.

—¿Entonces, Bonn, desea descubrirnos algo que no sepamos ya? —inquirió.

—Soy Ann Bonny. —Los allí presentes reanudaron las exclamaciones y los comentarios, una distinguida señora fingió un desmayo, otras extrajeron refinados frasquitos de los elegantes bolsos y empezaron a oler éteres y sales; sólo los pobres aplaudieron entre ignorantes y admirados, pero al punto fueron reprimidos por los guardias—. Mi amiga es Mary Read. Ambas nos hallamos en estado de gravidez.

—Es verdad, lo juro, estamos en estado de avanzado embarazo —reafirmó Mary Read.

Charles Barnet sacó cuenta mentalmente, respecto a la recompensa, calculando el resultado, ¿recibiría más, o menos plata, a cambio de dos mujeres? Mucho menos, de seguro, frió un huevo en saliva, visiblemente disgustado. A Mantequita, mejor dicho, Abla Ción Montalbán, le chorrearon las verijas de lascivia y sudor mantecoso.

Debería ser enérgico, reaccionó para sus adentros el presidente, pues si se descuidaba, aquello podía devenir en un soberbio espectáculo circense —único en su rango—, y a Nicolas Law no le convenía que su prestigio rodara en el lodo de la bajeza. Pidió silencio, mandó desalojar el tribunal, y prometió volver a reunirlos al día siguiente, al alba.

—¡Lo más temprano que podamos! —gruñó.

Por supuesto, no tardaría en comprobar si aquella barbaridad que acababan de confesar ambas mujeres en cuanto al embarazo se sostenía por el peso ineluctable de la verdad. Para ello, las visitaría una comadre en cuanto ellas se declarasen dispuestas.

La demanda de Ann Bonny fue complacida. Enclaustradas en la misma celda, fundieron sus cuerpos en un tierno abrazo. Los goznes de la puerta de hierro rechinaron, no se trataba de la partera. Un guardia anunció que Jack Rackham deseaba ver a su mujer por última vez. Ann Bonny accedió.

—¡Si hubieses peleado como un hombre, no te ahorcarían como un perro! —vituperó cara a cara.

Calico Jack musitó unas frases ininteligibles, se volteó hacia la claridad que traspasaba el ojo de buey, dándole la espalda a la mujer.

—¡Se ha escapado, se ha escapado el malgache! —el grito recorrió las galeras en un eco alarmante, siendo el último placer que, silenciosos, pudieron disfrutar en vida Ann Bonny y el capitán Calico Jack.

Al regresar a la celda halló a su amiga por tierra, clamando por un sorbo de agua, quejándose de escalofríos y de calambres que le aguijoneaban los brazos y las piernas. Mary Read viraba los ojos en blanco, mencionaba nombres en absoluto delirio: Billy, Margaret Jane, John Carlton, Flemind Van der Helst, Calico Jack, Juanito, Ann, Ann, Ann...

—Agua, por favor, agua; quiero beber agua —gimoteó, la piel cuarteada.

Ann Bonny escandalizó exigiendo la visita del guardia, de un médico, de alguien que acudiese pronto, por favor, una alma sensible que sintiese un poco de piedad, por Dios, por la Virgen... La partera llegó con retraso, según ella, habían ido a buscarla a la otra punta del pueblo, donde andaba de obras con una chica muy joven, sin padre para la criatura, comentó parlanchina. Revisó a Mary, palpó el vientre, muy duro, inflamado, hundió el dedo del medio en la vagina, uy, uy, uy, iba para mucho, pero eso ya lo había adivinado ella, se notaba en la barriga, aunque no le quedaba más remedio que meter el dedo y hurgar. Lo sentía, por el amor de Jesucristo y de su madre la Virgen, y pidió disculpas, pero sólo mediante el tacto podría confirmar. Ann, lo mismo, pero con menos tiempo, con toda suerte estaría embarazada de cuatro meses. Mary, de cinco, y cuidado, apostilló la mujercita delgada, de movimientos avispados, y manos nervudas.

—Mi amiga padece...

—De fiebres emotivas, lo he notado. Que beba agua, mucho líquido.

—Oiga, emotivos estamos todos, imagínese, ¿de qué otro modo podrá creer que nos sentiríamos? ¿No será que ha enfermado de otro mal?

—Enviaré a un médico, aunque le adelanto que no probaremos nada en específico —se encogió de hombros, indiferente—. Gente como ustedes son los que inundan de desgracias estas islas. ¡El mal de la mar! ¡Ustedes son las verdaderas epidemias! ¡Incurables! Adiós, buena suerte.

Cerró el maletín y marchó presurosa en dirección a las catacumbas, donde se decía que habían enterrado en vida a bandoleros cuya celebridad competía con la de ellas y el capitán Calico Jack.

Hacia la madrugada, Mary experimentó una súbita mejoría, había soñado con una vereda sembrada de framboyanes a todo lo largo, iguales que los que había apreciado a su llegada; enérgica, habló del futuro de su hijo, planeaba parirlo en La Jamaica, y una vez recuperados marcharían ambos a Londres, y si Ann aceptaba podrían viajar, y hasta vivir juntas, criarían a los hijos, crecerían cerca del puerto y comprarían un barco, se harían a la mar, y ellas enseñarían a sus vástagos los misterios del océano. Ann asintió, despejando con sus dedos los rizos del cuello de su amiga.

La comadre testimonió dando fe del estado avanzado de la gravidez de ambas piratas. El público entró en trance, aullando insultos contra Ann Bonny y Mary Read.

—¡Silencio! ¿Podrán tener la amabilidad de revelarnos la identidad de los padres? ¿Quiénes son los padres de las criaturas por nacer, si me hacen el favor? —Nicolas Law gozó macerando las interrogantes entre la lengua y el cielo de la boca.

Mary Read arrebató la delantera a Ann Bonny.

—Nadie en esta sala ignora que James Bonny vendió su mujer a Calico Jack...

—Señora, ésa ha sido una de las innumerables razones por las que Jack Rackham ha sido colgado esta misma mañana, en los primeros fulgores del amanecer, en Galows Point, muy cerca de aquí, en la ciudad de Port Royal, en Kingston, ironía de la vida, así se llamaba su galeón. Sí, señora, ahorcado en compañía de sus compinches. Obviemos estos detalles, vaya usted al grano, abrevie... —especificó el presidente.

Mary Read sufrió un vahído, observó de soslayo en dirección a un lateral y advirtió al capitán Johnson muy pendiente de ella, bebiéndose su figura, el escritor le hizo un triste guiño cómplice; ella logró reponerse y prosiguió aferrada a la balaustrada del banquillo.

—Calico Jack era el padre, es el padre... —hubo chillidos entre los de la clase alta y murmullos entre la clase baja— del hijo que tendrá Ann Bonny.

—¿El del suyo también? —Charles Barnet, que ejercía de fiscal, pretendió calentar los ánimos.

El jurisperito pidió objeción. Negada.

—No, Calico Jack no es, para nada... No era el padre del niño que vive en mis entrañas. Prefiero mantener en secreto el nombre de su padre, sólo puedo agregar que se trata de un hombre honesto. —La sala se vino abajo en injurias.

—¡Bruja, descarada, puta de mierda! ¡Confiesa de una vez, maldita!

—Está en su derecho —añadió el abogado.

—Debo aclarar —insistió Mary, dirigiéndose a los enardecidos invitados—. No he sido infiel. No cometí adulterio, pues nunca engañé a los implicados, siempre dije la verdad a aquellos a quienes amé. Jamás incurrí en fornicación por el mero gusto de lo que para ustedes es vicio y para mí es placer. Amé, y me amaron. Mi embarazo es el fruto del amor. Doy fe de mis palabras, por mí, y por ella, porque asimismo ha actuado Ann Bonny. De hecho, todos los hombres y mujeres del *Kingston* nos preparábamos para renunciar a la piratería, y reanudar una vida honesta, pero nuestra demanda no fue escuchada por las autoridades...

De las tarimas repletas de taburetes saltó una mujer, indignada:

—¡La horca será poco para ellas! ¡Habrá que quemarlas vivas! ¡Un escarmiento, hay que dar un escarmiento a estas dos perras del infierno! ¡A la hoguera con ellas! —vociferó Adela Menéndez, rica hacendada proveniente de La Tortuga—. ¡Robaron a mi marido y a mis hijos, les robaron una piragua, los dejaron ahogarse, se los zamparon los tiburones!

—¡Bestias, esas dos malditas, unas cabronas bestias, a la hoguera con ellas, a la horca! ¡A mí y a este idiota —mintió el francés de la cueva, señalando a su compadre, aunque con quien en verdad había negociado era con Calico Jack— nos engañaron vendiéndonos esclavos enfermos, después que nos emborracharon con ponche y nos endrogaron con opio!

—¡Que paguen, que paguen caro, con sus vidas! —corearon los revoltosos, mientras lanzaban huevos cluecos, piedras, palos.

—¡Malditas ellas y malditos sus vientres! —renegaron los barulleros.

—¡Orden, orden! —Nicolas Law interrumpió cuando precisó oportuno, y no cuando debería haberlo hecho, excitado hasta inclusive conseguir una tímida erección provocada por la algazara que él había permitido, al consentir que las masas se desahogaran a sus anchas—. Supongo que querrán ustedes fomentar sus defensas. Pregunten a sus clientas, señores abogados, qué piensan ambas de la horca.

Los apocados letrados voltearon sus cuellos hacia las acusadas, tensos, rígidos, apenas movieron los labios. Mary Read les arrebató la palabra echando mano de una entusiasmada y fatal arenga:

—¿Que qué opino de la horca? No será una pena demasiado severa cuando tantos van a ella. Si la horca no existiera, cualquier tunante podría hacerse pirata. Pillos del mundo entero infestarían los mares, y reducirían a sus servicios a los verdaderos hombres corajudos. Mi corazón no teme a la horca. Poseo la certeza de que ninguno de mis compañeros ajusticiados tuvo miedo de la soga.

—Read, Read, cállese de una vez. Está usted metiendo la pata. Sus compañeros, Rackham, Fetherston, Corner, y los demás, se pudren en estos momentos, repartidos entre la punta de Plumb, cayo Buisson y cayo Fusil, mecidos por el dulce viento del Caribe, enlatados en los trajes de hierro, como me gusta decir a mí. Ahorcados y vueltos a ahorcar. Y le concedo el indulto, salvándole, porque siendo usted mujer ha tenido la astucia de dejarse preñar por uno de esos malhechores, porque si no fuese de esa manera, ¡correrían, tanto usted como Ann Bonny, idéntica suerte!

El presidente Nicolas Law autorizó a los abogados a manifestar sus alegatos, dio por interrumpido el proceso, y determinó la momentánea culpabilidad de Ann Bonny y de Mary Read, quienes deberían guardar prisión hasta que pariesen a sus criaturas y, para esas fechas, entonces podrían reanudar el juicio. Evacuó la sala, las condenadas regresaron a sus celdas.

Mary se tiró en el camastro de paja, aquejada de nuevo por los temblores, la debilidad y la sed. Bebió la jarra de agua en desesperados tragos hasta la última gota. En pleno delirio lamió los charcos de humedad del suelo. Al rato, Ann Bonny le anunció al oído que el párroco deseaba hablarle. Mary achicó los ojos intentando distinguir mejor en la penumbra, no podía dar crédito a sus nubladas retinas.

—¿Roc Morris? —balbuceó.

El hombre acercó el candil al rostro sudoroso. Asustado, pudo comprobar que el reflejo dorado que tanto había amado en las pupilas de Billy Em Carlton iba apagándose.

—Mary Read, o Billy Em Carlton. O Mary Carlton...

—Mary Read, señor, Mary Read —rectificó la mujer débilmente.

—Sí, Mary Read, soy Roc Morris, tu comandante de la Armada Naval. Me pediste el traslado a Breda y te lo concedí. ¡Ah, Mary, querida! Siempre sospeché esto, que eras mujer. Me enamoré perdidamente de aquel soldado, o sea, de ti, te amé tanto que dejé la Armada y me hice cura. Como podrás comprobar soy sacerdote, por tu culpa.

Ella sonrió débilmente, y el hombre identificó al joven resuelto y hermoso. Al cabo de un instante, un semblante disipado de chiquilla emergió resaltando los dientes parejos, el manguito puntiagudo, hoyuelos en los cachetes rosados. Ésa —se dijo el cura— era la hermana menor de Billy Carlton. El sacerdote Morris posó la palma de la mano en la frente ardiente. Compartió su preocupación con Ann Bonny, las fiebres no podían ser emotivas, al menos no únicamente, registró el cuerpo de Mary y halló una llaga purulenta en el tobillo, cerciorándose así de que las fiebres tenían como origen una infección. La enferma extendió la mano hacia él, después hacia su amiga; el gesto no duró nada, su brazo cayó inerme.

—Prisión, ratas, muerte... —Mary Read pronunció estas palabras en un espasmo terrorífico, y asió la punta de la chaqueta de Ann Bonny.

Roc Morris huyó apurado a buscar al médico, a comprar cualquier remedio, a zancajear medicamentos, urgía lo que fuese necesario; aseguró que emplearía el menor tiempo en esos inaplazables quehaceres.

Ann Bonny pasó toda la noche en vela, y todas las noches que vinieron después de que Roc Morris regresó acompañado del médico. Intentaron todo tipo de ungüentos, de punciones, de remedios, jarabes, sangujas, cataplasmas; el sufrimiento aumentaba por días, por horas, después se sumaron los minutos y los segundos. El galeno renunció a toda esperanza, poco había ya por hacer. El sacerdote Roc Morris se retiró al sagrario de la iglesia a orar; después de haber rezado por la absolución del alma de Mary Read, y de despedirse para siempre de quien había sido el gran amor de su vida.

Mary Read fue extinguiéndose poco a poco. La criatura, en sus entrañas, cesó de absorber calor, las pulsaciones disminuyeron.

—Ann, Ann... —Un milagro hizo que mencionara el nombre—. Ann, los framboyanes, míralos...

Hasta que se detuvo el riachuelo de luz entre la madre y el feto.

Ann no quiso despegar la mejilla de la de su amiga. Recordó, cobijando la yerta mano de Read entre las suyas, que ese día ella cumplía veintidós años.

Mary Read podría haber cumplido treinta ese mismo invierno. Ann depositó un mazo de gajos de framboyán en la tumba. Cargaba una hermosa recién nacida en brazos, su segunda hija. Dio la espalda y se dirigió a la playa. Allí iría a encontrarse con William Cormac, su enriquecido e influyente padre, que desembarcaría esa tarde para enfrentarse a las autoridades de La Jamaica después de reclamar por correspondencia la extradición de Ann y de su nieta a Carolina del Sur.

Alejada del puerto, a orillas de una playa desierta, Ann Bonny contemplaba la vastedad de la mar. Sacó un seno y dio de mamar a la niña. Sintió la soledad de la mar emparentada con la suya. Ni un solo barco, ni un bergantín, ni una fragata. Mucho menos un galeón. Recordó con nostalgia la época en que soñaba con transformarse en elegante galeón. La locura había cesado. Se dijo, no sin cierto toque de orgullo, que Mary Read, el capitán Calico Jack y ella misma habían puesto punto final a la aventura. Al menos en el Caribe. Le hubiese gustado encontrar a Juanito Jiménez, pero ni rastro de él, con toda certeza el andaluz había retornado a su tierra. De Hyacinthe Sans Nom tampoco consiguió pista valiosa, ni siquiera logró rastrear sus huellas mediante espías o informantes. Todo lo que había podido averiguar no servía de gran cosa. Abrió la sombrilla y acostó la bebé encima de un mantel, protegiéndola así de la recalcitrante resolana.

IX

—

> ¡Y el reloj marcaba las ocho y cuarenta
> y cinco cuando él apareció en el gran
> salón! ¡Phileas Fogg había dado la vuel-
> ta al mundo en ochenta días!
>
> Jules Verne

Extenuado, el periodista arribó por fin al caserío, en el centro se erguía la antigua hacienda, ahora convertida en solar de vecindad, donde numerosas familias compartían la miseria.

Un grupo de niños mal vestidos, descalzos, muy sucios, le rodearon pidiendo limosna.

—Busco a una anciana, es... muy anciana. Dominga Paz Grillo...

Uno de los chicos señaló con la mano al fondo del caserón, la derecha la mantuvo ahuecada y extendida. En ella tintinearon cinco monedas de cien pesetas del año mil novecientos noventa y nueve. Los demás cercaron al dichoso y elevaron sus pupilas al cielo cuando el afortunado, queriendo estudiar a la luz una de las piezas, tapó el gran sol dorado.

—¿Dominga Paz Grillo? Es ella —indicó la gruesa mujer, apartando la escoba; aparentaba la treintena, semblante anodino, manos en jarras— ¿Quién es usted, si se puede saber?

—Viajo desde muy lejos, desde España.

—Ah... ¡Mamá, que aquí hay un gallego que dice que viene de España! Ésta debe de andar chismeando por ahí, por la cuartería...

—No soy gallego, soy gaditano, de Cádiz.

La mujer se encogió de hombros y desapareció por la puerta trasera hacia el corredor, el chancleteo escandaloso iba alejándose, ella seguía voceando en busca de la madre. José Luz Jiménez se sentó frente a la anciana, quien masticaba un hollejo de mandarina con sus encías, dándose sillón bajo el resplandor que entraba a través de la ventana e iluminaba la estancia, sus escasas canas finas y veteadas de humo de tabaco traslucían un cráneo de piel rosada. La anciana sonrió y los ojos chispearon.

—Yo a usted le he visto antes... En sueños —musitó sin dejar de masticar.

José Luz Jiménez quiso pronunciar una frase, cuando por fin acudió la madre de la mujer que le había dado la bienvenida. Aparentaba casi la misma edad que su hija, aunque más nalgúa y tetona.

—Dice Reina Esmeralda, mi hija, que usted es gallego.

—Andaluz.

—Aaah, ¿y cuál es la diferencia, mi niño? ¿Eso no es España?

—Sí, pero...

—Óigame, le advierto, si viene a revisar el estado en que ella se encuentra, que si está limpia, que si huele bien, que si la cuido y no la maltrato, se lo acepto... Pero si como otros su intención es aprovecharse, con el objetivo de interrogármela, y de paso apabullármela, no se lo permitiré. Y ya sabe, aténgase a las consecuencias. Bien, puestos los puntos sobre las íes y las cartas encima de la mesa, dígame ahora, ¿qué se le ofrece?

—Seré sincero, soy periodista, pero no vengo a entrevistar a nadie. Leí en una revista o periódico, no recuerdo bien, que esta señora es descendiente de una pirata inglesa que parió un hijo en Cienfuegos, en esta misma zona, y si no me equivoco, en esta misma hacienda... —Miró al techo, la cornisa destruida por los avatares de los siglos conservaba, sin embargo, unos rostros despintados y carcomidos, una virgen negra cargaba a un santito también prieto, y tres marineros remaban en un bote.

—Esto no es una hacienda, ya esos tiempos de la esclavitud pasaron, hace muuucho rato. Esto es una comunidad —recalcó la mujer—. Dominga Paz Grillo dedicó toda su vida y su salud a la enseñanza. Ella leyó mucho, y figúrese, con ciento cinco años no creo que su mente esté muy clara. Desde hace un tiempo anda hablando boberías; fue mi culpa, yo estaba entretenida ablandando los frijoles para el potaje, se adormiló y se me cayó del sillón. Si hubiese visto usted el chichón que se le hizo en la frente, del tamaño de un huevo de avestruz.

—Los huevos de avestruz son grandes.

—Pues más grande todavía. Le bajé el chichón como Dios pintó a Perico, como pude, apretándole una peseta ensalivada encima del golpetazo, pero a partir de ahí no paró de contar historias raras. Que si descendía de una pirata famosa, y de otro perturbado mental, pobre desgraciado, que también lo había sido, pero le ahorcaron en una isla por aquí cerca; entonces a la niña que parió su tataratatarabuela o yo qué sé, en esta casa, la reconoció un hombre muy rico, dueño de todo esto, con esclavos y el copón bendito... Eso atrajo a una partía de curiosos, y la grabaron y la retrataron, quedó muy bonita, eso sí, y ahí se armó el lío... Yo pienso que a ella, después de la revolcada que sufrió cuando resbaló del sillón, se le cruzaron los cables, hicieron cortocircuito, y empezó a enredar su pasado con todo lo que leyó. Porque observe, ¡cuántos libros! ¡Cuántos libros polvorientos! —señaló para las paredes tapizadas en estantes—. ¡Una barbaridad, mi chino! Y todos le pertenecen, porque en esta casa, salvo ella, no lee ni la Virgen, ni el Espíritu Santo, ése menos, que es una paloma. Yo ya colgué los hábitos, no leo ni una sílaba del periódico, mi marido tampoco, mi hija mucho menos, y mi yerno es una clase de socotroco, mis nietos unos cayucos. Nadie en esta casa lee ni una línea, ni en la de al lado, ni más allá...

—¿Y si fuera verdad?

—¿El qué? —La mujer negó con movimientos rotundos de la cabeza, introdujo la mano en el entreseno, extrajo del ajustador una caja de cigarrillos y la fosforera, encendió un veguero, aspiró y al punto exhaló un largo cono de humo—. Ella es muy buena, fíjese si yo la quiero con la vida, que nosotras, ella y yo no somos nada, yo, dicho sea de paso, desciendo de una dinastía de comadres, la más célebre se llamaba Vidapura, de ahí mi nombre; pues Dominguita y yo no compartimos en absoluto ningún parentesco; pero sucedió que la muy desdichada perdió al esposo, se lo llevó una pancreatitis, estaba muy viejito también. Ella, para colmo, sobrevivió al hijo que era más bien rarito, nunca se casó, falleció en un accidente de trenes, pobrecito, adoraba a su madre, y ella a él, claro, ¿qué madre no adora a su hijo? Cuanto y más si resulta rarito. Y como quedó sola en alma, mi hija y yo decidimos traerla a este cuarto (el cuarto de ella es el de al lado), y ocuparnos hasta que Dios quiera.

¿Sabe?, ella fue mi maestra, la que me enseñó a leer. Somos, eso sí, maestra y discípula; yo le perdí el amor a la lectura por culpa de los mamotretos que nos obligaron a aprendernos de memoria poco después de que ella se retiró, eso es otra anécdota que no viene al caso. Dominga Paz Grillo era de oro, si te encuentras una doble de ella, sóplala, mi chino, que es de cartón. Y de oro sigue siendo, una alma del cielo en la tierra, aunque se haya vuelto tan mentirosa (¡y tan comelona, no para de moler, es un ingenio azucarero!), pero yo asumo, soy la culpable, no me dio tiempo de atajarla antes de que se metiera el mameyazo que se metió contra las losas. No quisiera que la moleste, señor Barbarito, ¿cómo me dijo que se llamaba?...

—Jiménez, José Luz Jiménez...

—¿Le puedo llamar Pepe? Aquí todos ustedes para nosotros son Pepes, los José y los gallegos.

—Gaditano.

—Eso mismo. ¿Pero a ver, cuénteme, Pepito, a qué ha venido?

—Si lo que ella recuerda es cierto... —Hizo una pausa con los ojos aguados—. O si es mentira, que ya me da igual... Vea, en mi árbol genealógico también existió un pirata.

—¿Su árbol qué?

—Genealógico. En mi ascendencia, quise decir. Ann Bonny, la pariente pirata de Dominga, salvó de la horca a Juanito Jiménez, un familiar mío, pirata también.

—¡Cuántos piratas! ¿Verdad? —suspiró—. Se dice y no se cree.

El hombre admitió con el llanto trabado en el gaznate.

—Y yo ansío darle un abrazo, nada más —subrayó a punto del puchero.

—¿Nada más? ¿No será usted un inspector inmundo de esos que quieren revisarla a ver si huele mal? No tenga pena, huela, huela, yo le juro que la baño; no todos los días, porque ella está delicada; bueno, no tanto, porque, fíjate, Pepito, la edad que tiene, y se sienta más derecha que yo; y como te decía, que yo pierdo el hilo con una facilidad: sí, la baño un día sí y otro no, por aquello de que la cáscara guarda el palo. Soy de miel, la cuidaré hasta el final, si no me muero antes, si tal fatalidad ocurriese, me reemplazará mi hija, y si mi hija guinda primero que ella, uno de mis nietos se ocupará, ya de ahí para allá no puedo asegurar nada... Es que esta señora fue muy buena conmigo, un pedazo de pan, no sé si le conté que fue mi maestra, porque yo estoy que repito las cosas, me patina el coco. Ella, con ciento cinco años, está menos confundida que yo, está más clara. Y nunca olvidaré, jamás de los jamases, con el tesón, el desprendimiento, el cariño, el placer, el amor y la obstinación con que esta señora me enseñó a leer. Cuando se retiró fue terrible, ahí la cosa cambió, ya no fue igual. Odié la escuela con todo mi corazón... Detesto la palabra corazón, fíjese cuánto daño me hicieron.

—Cállate, Vidaclara, hija, das sonsera, me toca a mí chacharear con el señor... —interrumpió Dominga Paz Grillo, emergiendo de su soñolencia—. Venga, amigo mío, acérquese.

El periodista, arrodillado, descansó la cabeza en el regazo de la anciana, olía a limpio; ella palpó el cabello con su mano pegajosa de jugo de mandarina y en vez de acariciar le daba golpecitos suaves. Vidaclara sacó del entreseno un pañuelito donde había anudado unas monedas, con la punta libre se enjugó una lágrima.

Mientras el periodista y la anciana trabaron conversación, Vidaclara, acodada al desvencijado ventanal, escrutó el horizonte, la línea temblorosa entre el cielo y la mar. La mar añil, el cielo tisú, la playa reverberante; tarareó en un murmullo volviendo a prender otro cigarrillo:

En el mar, la vida es más sabrosa,
en el mar, se quiere mucho más...

A unos metros, la anciana inició el diálogo.

—¿Sabe usted, amigo?, a veces tengo la impresión de que soy una pirata y de que la isla es mi navío. Aunque haya perdido la última batalla, y la embarcación zozobre abatida por el fuego, yo sigo en pie, sin claudicar... ¿El tesoro? Secuestrado, ni huellas del botín. En otras ocasiones releo a Julio Verne, no por aburrimiento, ¡qué va! Yo leo a Julio Verne porque me apasiona.

—Jules Verne —rectificó el visitante.

—Alcánceme, por favor, aquel libro. Cuando era niña yo misma me dedicaba los libros de Julio Verne, como si fuera el propio autor. Escribía: «Para mi querida Dominguita, con cariños de Julio Verne.» Imitaba la firma que había visto reproducida en un libro de historia.

El hombre tomó de una mesita de noche el tomo de *Veinte mil leguas de viaje submarino.*

—Lea aquí —la anciana desmarcó una página e indicó el subrayado.

El periodista inició la lectura:

—«Sí, la amo. La mar es todo... —Hizo una pausa, ella gesticuló con la mano colgando del brazo del sillón, instigándole a que continuara—. ... Su respiración es pura y sana. Es el inmenso desierto donde el hombre jamás está solo, porque siente la mar estremecerse a su lado. La mar no es más que el vehículo de una sobrenatural y prodigiosa existencia; ella es movimiento y es amor; es el infinito viviente... Es por la mar que, por decirlo así, el planeta ha comenzado y quién sabe si no terminará por ella...»

—Es mi querido capitán Nemo quien lo dice... —apostilló Dominga Paz Grillo—. De súbito me zambullo en el agua, en lo más hondo, eufórica voy nadando rodeada de peces. También he leído más de setenta veces *Robinson Crusoe*... La mar lava mis heridas, el oleaje me rejuvenece, mitiga mis arrugas, me devuelve la maravillosa sensación de vivir la aventura, y el anhelo por partir me recorre las venas, y me arrebato por conocer el verdadero sentido de la palabra *distancia*, y de viajar libre; igual que usted, que ha venido desde tan lejos.

—Por lo que veo, prefiere el barco al avión.

—Ay, mi hijo, viajar por el aire no es viajar, se llega demasiado rápido. Y lo importante no es el punto de destino, lo divino es la duración del viaje, la ilusión del rumbo. A usted le ha enviado el océano, amigo. ¡Ah, la vida! Yo estuve muy enamorada. Eran otros tiempos; aunque no ha cambiado tanto, más o menos es igual, pero entonces a los enamorados nos encantaba la mar, no como ahora. Nos hechizábamos con su música. ¡Ah, la melodía de las olas!

EPÍLOGO
—

Abordamos aquí una historia llena de sorpresas y aventuras: quiero decir esa de Mary Read y Ann Bonny, alias Bonn, que eran los verdaderos nombres de esas dos damas piratas. Lo extraordinario de estas vidas disolutas es tal que algunos pueden verse tentados de tomar mi relato por un cuento o una novela. La veracidad no es sin embargo discutible; miles de testigos, toda la población de Jamaica, asistieron al proceso, escucharon la historia de sus vidas. Esas mujeres piratas existieron, tanto como Roberts y Barba Negra.

DANIEL DEFOE

He decidido novelar las vidas de dos mujeres piratas, ardientes y voluptuosas lobas de mar: Mary Read y Ann Bonny, porque yo, al igual que ellas, sufrí la angustia de echarme a la mar instigada por la desesperación, en una huida definitiva de los conflictos de la tierra. En una huida de mí misma —lo cual me acerca más a otra loba, Virginia Woolf—, cuando he anhelado que sólo las aguas purifiquen y eliminen la morbidez, el egoísmo, y me libren de palabras jactanciosas; o cuando he vacilado ante lo que puedo remediar o aliviar en favor del amor, de la poesía, de la creación, y que por el contrario advierto que me voy deslizando hacia sórdidos recuerdos. Detesto la violencia, pero no cabe duda de que ignorarla o minimizarla le presta una cierta arrogancia rayana en la aceptación contemplativa, o en la complacencia.

Novelar las hazañas —estoy segura de que pueden denominarse como tales— de estas dos inglesas de finales del siglo XVII y principios del siglo XVIII supuso un solo riesgo, ya que mucho se las ha mencionado en ensayos y volúmenes respetabilísimos sobre el tema, pero poco o nada se conoce a fondo sobre sus convicciones emocionales —soy de la opinión de que les sobraban presagios, y confundían sus convicciones—, o bien poco se ha conseguido esclarecer sobre los misterios que las condujeron a partir a la aventura.

El riesgo entonces ha sido, en mi caso, el de mentir y creérmelo, con la duda y el coraje como aliados, inventar a partir de ciertos datos fluctuantes; y si es cierto que la mentira literaria resulta más atractiva y fiel a la verdad histórica, por azar concurrente, como diría José Lezama Lima, también debo admitir que nunca me he sentido más indecisa, solitaria y desconcertada ante la página en blanco. El atrevimiento ha sido el de introducirme en la aventura, prestándole a ellas mis temores, sueños, esperanzas, deseos y presentimientos; describir lo que otros han pretendido sobre Ann Bonny y Mary Read, sin caer en la tentación reiterativa, pero sin despreciar la fuerza de la leyenda original:

Y aún yo puedo recordar
Un día en que los historiadores dejaban espacios en
blanco
en sus escritos,
Quiero decir por cosas que ellos no sabían...

EZRA POUND

... y revivir gracias a ambas una época que se diferencia (sin embargo, no demasiado) de la actual en enredos sociales y políticos; como no sea en la sutileza espiritual que he intentado demostrar en este texto, que deseo realzar por encima de cualquier contexto: la sutil evolución de las almas humanas transgredidas por el *élan* vital y natural de la historia.

París, invierno de 2003

AGRADECIMIENTOS

—

Esta novela no hubiese sido escrita sin el amor, la amistad, y la atención de todos aquellos que, sabiéndolo o no, me animaron para que yo pudiera retomar las riendas de la pasión:

Ricardo Vega, Gustavo Valdés, María del Carmen Valdés, Enaida Unzueta, Rami Unzueta, Enaida Unzueta Chávez, Pepe Horta, Priscilla Dubois, José y Chantal Triana, Lesbia O. Varona, Cecilia Meneses, Elena Errazuriz, Eduardo Melón, Juan Manuel Salvat y la librería Universal en Miami, María Teresa Mlawer y la librería Lectorum en Nueva York, la librería Bárbara en Tenerife, Mari Rodríguez Ichaso, Guillermo Cabrera Infante y Miriam Gómez, Jocy Dremeaux, Jean-Francois Fogel. El Museo Nacional de la Marina, Palacio Chaillot, París. La Biblioteca Nacional de Francia, París.

BIBLIOGRAFÍA CONSULTADA

Abella, Rafael, *Los piratas del Nuevo Mundo*, Planeta, Barcelona, 1989.

Apestegui, Cruz, *Los ladrones del mar. Piratas en el Caribe. Corsarios, filibusteros y bucaneros. 1493-1700*, Lunweg Editores, Barcelona, 2000.

Balaert, Ella, *Mary Pirate*, Zulma, París, 2001.

Defoe, Daniel, *A General History of the Piratees*, J. M. Dent and Sons, Londres, 1972.

— *Histoire Générale des plus fameux pirates. Les Chemins de Fortune*, Phébus Libretto, París, 2002.

— *Histoire Générale des plus fameux pirates. Le grand rêve flibustier*, Phébus Libretto, París, 2002.

González de La Vega, Gerardo, *Mar Brava. Historia de corsarios, piratas y negreros españoles*, Ediciones B, Barcelona, 1999.

Giorgetti, Franco, y Erik Abranson, *Les princes des océans. L'histoire des grands voiliers*, Éditions Gründ, París, 2001.

Gosse, Philip, *The history of Piracy*, Tudor, Publishing Company, Nueva York, 1946.

— *Los piratas del Oeste. Los piratas del Oriente. Historia de la piratería*, Colección Austral, Espasa-Calpe, S. A., Madrid, 1970.

Lapouge, Gilles, *Les Pirates. Forbans, flibustiers, boucaniers et autres gueux de mer*, Phébus Libretto, París, 2002.

— *Pirates, boucaniers, flibustiers*, Éditions du Chêne, París, 2002.

Le Bris, Michel, *Pirates et Flibustiers des Caraïbes*, Hoëbeque Éditions, Musée National de la Marine, Abbaye Daoulas, París, 2001.

«Les Génies de la mer. Chefs-d'œuvre de la sculpture navale», Beaux-Arts Magazine, Exposition Musée de la Marine, París, 2003.

Masiá de Ros, Ángeles, *Historia General de la Piratería*, Colección Keops, Visiones Históricas, Mateu, Barcelona, 1959.

Meyer, Jean, *Esclaves et Négriers*, Découvertes Gallimard Histoires, París, 1986.

Mota, Francisco, *Piratas en el Caribe*, Colección Nuestros Países, Serie Rumbos, Casa de las Américas, La Habana, 1984.

Paravisini-Gebert, Lizabeth, e Ivette Romero-Cesáreo, *Women at Sea. Travel Writing and the Margins of Caribbean Discourse*, Palgrave, Nueva York, 2001.

Pyle, Howard, *El libro de los piratas*, Valdemar, Madrid, 2001.

OTROS TÍTULOS DE LA COLECCIÓN

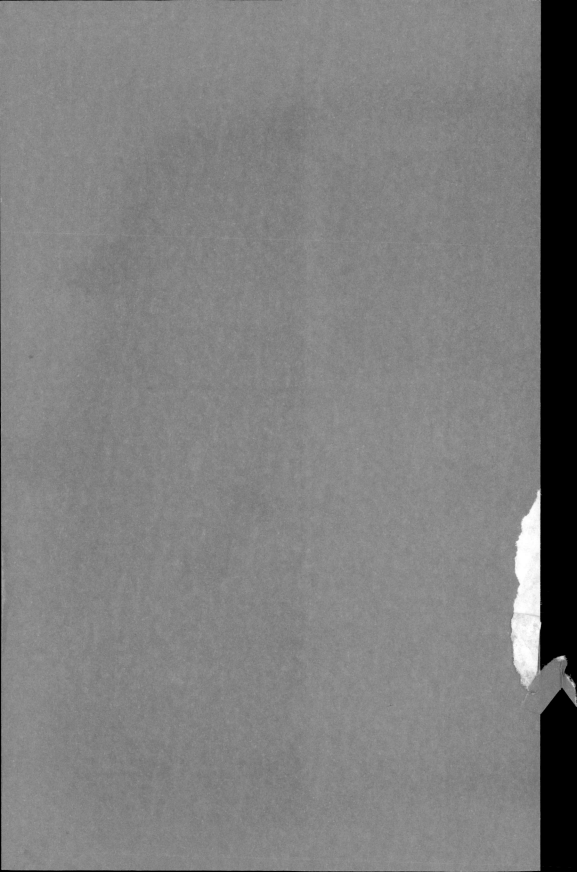